中公文庫

王将・坂田三吉

織田作之助
藤 沢 桓 夫
村 松 梢 風

中央公論新社

目次

坂田三吉をめぐって

王将・坂田三吉

二人の王将

村松梢風

堺の将棋会

泉州堺という土地は、戦国時代に町人が絶大の財力をもって武家に対抗した所で、その遺風とでも云おうか、明治の世になっても、商人の間にどこか他所とちがった気風があった。茶道は千利休を出した土地だけに今でも盛んであるが、一方将棋が大層流行っていた。

茶や花はなんといっても富裕階級でなくてはたしなめないが、将棋は極めて庶民的だから、貧富を問わず流行した。従って将棋の会がよく催されたが、毎年十二月には、忘年将棋大会が催されるのが例であった。

明治二十六年、今年もその忘年将棋会が催されることになって、将棋好きの連中はその日を指折り数えて待っていた。

会場は大浜海岸の一力という一流の旅館。こういう事でも、堺の商人はやることが派手だった。昼と晩の弁当に酒がついて、会費は一円。米が一俵二円するかしない時代の一円はなかなかの大金だ。そのかわり賞品がうんと出る。

今年はとりわけ金持連中からの寄贈品が沢山集ったので、賞品も例年にない豪勢さだという評判。評判だけではなく事実、桐の箪笥、柱時計、灘のこもかぶり一樽といったような素晴らしい賞品が山のごとく用意されていた。

坂田三吉は、忘年将棋会へ是非出席する考えだが、その会費の一円が工面が付かないので、数日前から頭を悩ましていた。

金持の多い堺でも貧乏人はある。その中でもどん底と云われる貧民窟の、棟割長屋の一軒、それが三吉の住居で、家業は雪駄の下職である。

親の代からの貧民で、雪駄作りも親ゆずりだが、いまは両親ともなくなって、兄弟も妻子もない一人暮しだ。精出して雪駄を作っていれば、いかに安い工賃でも、生活に困るようなことはない。少し前から心掛けていれば、一円位の金は溜めて溜らぬ筈はないのだけれど、彼は将棋が飯より好きで、あっちこっちへ行って将棋ばかり指している。従って家業はおろそかになるというわけで、平素生活のゆとりがないから、ここへ来てハタと当惑してしまったのだ。

金を借りるような友達は一人もない。親類もない。かりにあったところで、これが病気をして困るとか、または商売の元手とかいう相談なら格別、将棋の会費というのでは誰も相手になってくれる道理はない。雪駄の問屋にだって、前借りが溜っている始末だから、この上の無心を云ったって、到底貸してくれっこはない。

「弱ったな」

三吉は仕事もせず、腕をこまぬいて考え込んだ。

今年二十五歳だ。丈が低く、ずんぐりむっくりした体だ。それよりも此の男の特徴は、ばかばかしく大きな才槌頭《さいづちあたま》であった。ゆうに普通の人の一倍半の容積があった。容貌も、しし鼻で、口ばしが飛び出し、ずいぶんと醜男と云おうか、異様な人相である。眼付はにぶいようでいて、時々妙な冷たい光が出る。

よく云う、一見愚なるが如しという言葉が最もよく此の男を形容している。だが、こういう人間が一朝何か自信を持ち出すと、素晴らしい貫禄をそなえてくることもあるが、三吉にはまだそれほどのものはない。しいて云えば、虐げられた運命の中で育った人間に特有の、一種の反抗心、負けじ魂、といったようなものが、その全体にほの見えぬでもない。

三吉は七、八つの時分から将棋をおぼえた。子供同士でやって何の苦もなくおぼえたのだが、十二、三になると、もうそこらの大人は大てい敵わなくなった。

三吉も、家は貧しいながら、寺子屋のような学校へ半年ほど通ったことがあるが、彼は学校では何もおぼえなかった。わずかにおぼえたのはたった二つの字だった。その二つの字も今では忘れてしまった。そんな風だから、親も学校へやっても無駄だと思ってさげてしまったのだった。

そんな風だのに将棋だけは不思議におぼえた。おぼえたばかりでなく大人も及ばぬほど上達した。彼は子供の時分、祭文語《さいもんがた》りから曲垣《まがき》平九郎の馬術の話を聞いて、自分も平九郎のような馬術の名人になりたいと思った。しかし貧乏人の小伜が生きた馬に乗る稽古は出来なかったから、彼はせめてもの腹いせに竹馬に乗る稽古をした。一尺、二尺と次第に竹馬の度を高めて、終いには廂まで届くような高い竹馬に乗り歩いた。親が生きていた時分のことだ。

するとそのうちに将棋をおぼえたので竹馬もやめてしまった。彼は何か現在の自分の境遇より高いものに憧れを持っていたのだろう。

それはとにかく将棋は面白くてたまらなかった。彼は将棋の先生に月謝を払って教えて貰ったことはないから我流だが、定跡として習ったわけではないが、強くなると自然に一つの形が出来てゆくものである。子供の時分は無我夢中で指していたのだが、いまでは将棋の指し方についても、素人は素人なりの、一つの信念をもって指すようになっている。

もう数年前から堺では三吉に敵う者はなくなった。素人のよほど強い人でも、三吉に対しては一枚落して貰うのが常だった。

三吉は、将棋で、相手を負かすことが愉快だった。誰でも勝負事に勝つのは愉快であるにきまっているが、普通の人は、将棋には負けても、何か他の事で人より勝るものを持つことができる。しかし三吉の誇りは将棋だけだ。身分が賤しくて、貧乏で無学で、あらゆる点で人から軽蔑されている自分が、将棋盤に向った時だけは人より優れた人間になれるのだ。平常自分を馬鹿にしている人間を、将棋でうんと負かしてやった時の痛快さといったらない。ざまあ見やがれだ。将棋は面白いことも面白いが、三吉にとっては、虐げられた人間の唯一の鬱憤の晴らしどころであった。だから、将棋だけは誰とやっても決して負けられない。

去年も一昨年も忘年将棋会で三吉は一等を取った。堺の第一人者だった。旦那衆だろうが親方だろうが、実力の前には頭が上らない。どんなもんやと、三吉はうそぶいてやった。

だから今年も、是非共出席して、この王座を維持しなくてはならないのだが、実のところを云うと、この忘年将棋会にはもう一つの誘惑がある。

それは前に云った賞品だ。一円の会費は高いようだが、一等になれば沢山賞品を貰うから、後でそれを捨て売りにしたって、会費の何倍かになるのだ。立派な金儲けだ。而《しか》も一等になる自信は十分ある。こういう意味で、忘年将棋会は三吉にとっては一種の書き入れ時である。

それが一円の会費の調達で行き悩んでいる。

三吉は思案の揚句、ふとある考えが浮んだので、フラリと家を出た。

三吉は万屋という質屋の隠居を訪ねた。隠居夫婦は店の近くの小ぢんまりした別宅に住んでいた。

この隠居も将棋は好きは好きだが、至極ヘボで三吉と二枚落ちでも敵わない。隠居は見通しの小庭へ下りて万年青《おもと》の手入れをしていた。

「御隠居はん、こんちは」

「やあ、誰かと思うたら三やんやないか、珍らしいな」

「へいえらい御無沙汰しとりまして」

三吉はおずおず庭の方へ入っていった。隠居は万年青の鉢を並べながら、

「三やん、まあそこらへお掛けえな」

「ありがとうございまする」

三吉は縁側へ小さくなって腰を掛けた。隠居もやがて六尺ばかり離れて腰を掛けた。

「三やん、なんぞ用かいな」

「へい、実はお願いがござりまして参じましてねん」

「何んや、お願いちゅうのは」

「ほんまに済まんことだすが、お金を一円お貸し願えまへんやろか」

「家は質屋さかい、金が要るんやったら貸さへんこともないが、なんぞ質草があるんか」

「それが、質草はおまへんのだすが」

「質草がのうては困るなあ。相対で金を貸す訳はあらへんからな。だが、いったい何

んで金が要るんや」

　三吉は非常に口不調法だけれども、ここぞ一生懸命の場合だから、忘年将棋会へ出席する会費の一円を貸して貰いたいということを、熱をこめて隠居に歎願した。但し、質草こそないが、無条件に貸してくれというのではなかった。三吉の方から出した条件があった。それは忘年将棋会へ出ればきっと一等を取って見せる。そして一等を取ったら、元金の一円はもちろん返済するが、その外に、取った賞品を隠居と山分けにしようというのであった。

「なるほど」

　隠居は考えた。これはうまい商売だ。一等の商品は安く踏んでも十円や十五円のものはある。一円に対する利息がそれの半分とすればずいぶんいい儲けだ。それも三吉が一等を取れるか取れないか未定なら冒険だが、素人ばかりの堺の将棋会では、三吉が出れば一等に抜けることは決定的である。そのことは隠居もよく承知している。勿論対局は全部平手というわけではなく、等級によって駒割はちがうが、しかしどうあっても三吉が負ける心配はないことは、去年と一昨年の成績でよく証明されている上に、今年は三吉はもっと強くなっているから、万に一つも狂いはないのである。

「三やん、その約束によもや間違いあらへんやろな」

と隠居は念を押した。

「御隠居はん、この三吉が首かけても、間違いはござりまへん」

隠居は三吉に一円貸してやった。

三吉が今年も出席することが分ると、将棋好きの連中の間に問題が起った。それは、賞品はともかくとして、三吉の将棋に対する慢心は小面《こづら》の憎いほどだ。対局する者は誰でも癪にさわる。つまり憎まれ者だ。といって会費を持って出席する者を出さぬというわけにはいかないが、三年続けて一等を取らせたら此の上三吉の野郎どんなに威張り出すか知れたものではない。

「何かいい工夫はあるまいか」

と一同で評議をした。

京の秋

京都の東山は、三十六峰ことごとく紅葉して、西陣織の舞妓の帯のように美しかった。

その東山山麓の円山公園の中を、肩をくっ付け合うようにして、八坂神社の方へと下りて行く男女がある。

花模様の派手な羽織を着た女は、銀杏返しで、襟白粉《えりおしろい》が濃い、一見してそれと分る遊女風。男は対の大島紬に白縮緬の兵児帯《へこおび》。長めの髪を綺麗に真中から分けた苦み走った好男子で、その頃評判の壮士芝居の役者とも見える二十五、六の青年であった。

丁度陽が西山に没する寸前で、東山一帯の紅葉は殊更多彩に映え返ったが、山に背を向け、喃《なん》々喋《ちょう》々している二人は無論紅葉など眼にはいらない。

平野屋で、名物とろろ汁で一杯飲み、食事をした帰り道である。

「おお寒やこと。コート着てきたらよかったのに、旦那はん、寒いことおへんか」

「おれは寒かない」

「わては外へ出たら、お酒の酔いが醒めてしもたわ。早う帰ってお炬燵《こた》へはいりまひょ」

「馬鹿いえ、そんなことすれば又居続けだ。今日はどうしても帰らにゃならん」

「何んぞ御用がおありのだっか」

「別に用というわけじゃないが、三日も居続けをすりゃ沢山だ。厄介になっている家の人にも極まりが悪いよ」

「沢山だなんて、旦那はんは薄情やし」

女は急に寄り添って男の腕をつねった。

「痛いッ」

「今夜はわてが散財しますよってに、もう一晩だけ泊っていっとくれやす。わて旦那はんを帰しとものうなりましたんえ」

宮川町の女の手練手管。そんなのも承知の上で遊べば面白い。

男は東都の将棋指し関根金次郎であった。金次郎は明治元年生れ、今年二十六だ。二十三歳の時、師の十一世名人伊藤宗印から四段を許された。金次郎はそれまで関東や東北ばかり遊歴して歩いていたが、二十四歳の時、師のすすめもあって初めて関西へ将棋修業の旅に出た。大阪には、東の宗印と並ぶ将棋の大宗匠八段小林東伯斎がいた。金次郎は東伯斎と角落二番指したが、二番共コロリと負かされてしまった。そこで発奮して更に四国、中国、九州と遊歴して、各地の強手と手合せをして腕を磨き、此の秋三年振りで大阪へ戻って来て再び東伯斎に対局を請うた。今度は角香の手合いであったが、二番共金次郎が勝った。

東伯斎は金次郎の将棋をほめ、

「あなたは未来の名人じゃ」と云った。

金次郎は面目を施し、暫く大阪に足をとどめているうち、京都第一の指し手早川隆教に勧められ、京都へ遊びに来て、目下隆教の家に厄介になっているのだった。隆教は本職は刀剣の磨ぎ師で、河原町四条下ルというところに住んでいた。

金次郎はもったが病いで一晩も女なしではいられない。男振りが好い上に、きっぷがいいから、何処へ行っても女にもてる。だが河原町と宮川町とでは川を隔てただけの目と鼻の間で、三日もぶん流していると流石《さすが》に早川隆教の家へ帰るのがきまりが悪い。

八坂神社の境内の石畳を通って、一丁ばかり行くと、四条通りに向った楼門がある。そこ迄行った時金次郎はふと思い出したことがあって足をとめた。

「俺はちょっと見たい物があるから、お前先に帰れ」

「いややわ。一緒に出て来てわてだけ先に帰るなんて。旦那はん何を御覧になるんどすえ」

「向うの絵馬堂にある額を見て来るのだ」

「絵馬堂に別嬪さんの絵でもかかっているのどすか。ほな、わても一緒に行きまひょ」

金次郎はなるべく一人で行きたかったが、女は離れなかった。絵馬堂は方々小鳥の糞で白くなった古い建物だった。

金次郎は中へ入って、あっちこっち探し廻ったが、やがて、

「あった！　あった！」

と思わず叫び声を挙げ、今迄とは打って変った真面目な顔になって、上を見上げた。

金次郎がじっと瞳を凝らして見上げたのは、天地四尺、横幅一間にある欅《けやき》の一枚板に、角力の番づけになぞらえて、漆で姓名を書いた奉納額があった。

それは幕末の名棋士天野宗歩の弟子達が、師の歿後遺徳を偲んで奉納したもので、宗歩門の主立った者が数百名ずらりと姓名を連ねていた。

天野宗歩は後世棋聖と仰がれた将棋の大天才で、全国に門弟三千を擁し、京都に蟠《ばん》踞《きょ》しながら江戸の将棋家元と対抗して譲らなかった一代の傑物である。

東の大関平居虎吉、西の大関渡瀬庄次郎、これが宗歩門の竜虎で、この二人に伊勢

の田中光次郎、大阪の小林東四郎を加えて、宗歩の四天王と世間では云っていた。四天王のうちで現在生き残っているのは小林東四郎——東伯斎ただ一人である。

金次郎は、棋聖宗歩が将棋界に与えた絶大な影響を、いま此の献納額によってまざまざと眼前に見るような心地がして、云おうようなき感激にうたれた。

自分も将棋指しとなった以上は、何んとかして天下の名人と云われる腕前になり、天野宗歩のように末代まで名を残したいものだと思った。

金次郎は自分の過去を振り返るような気持になった

彼は下総の宝珠花《ほうじゅばな》というところで生れた。

宝珠花は江戸川の船着場で、汽車や電車の便が開けるまでは相当に繁昌して、土手の上には遊女屋が幾軒も並んでいたという。宝珠花はもう一つ近年まで大凧を揚げることで有名で、六月初旬には、丈夫な和紙数千枚をつなぎ合わせた途方もない大きな凧を揚げることを土地の年中行事としていた。その凧揚げには糸だけでも荷車に積んで現場へ搬《はこ》ばねばならぬというから、これは正に日本一の大凧だろう。

金次郎の家は農家であったが、宝珠花は船頭相手の盛り場だけに、昔から将棋がなかなか盛んで、金次郎の父も兄もその辺で知られた指し手であった。金次郎は物心つく頃から見様見真似で将棋を覚え、八歳で寺子屋へ通うようになってからは、勉強の方はサボって途中で将棋ばかり指していた。それが分ったので、両親は学問の方は見込がないと寺子屋をやめさせ、川越の穀屋に丁稚《でっち》奉公に出した。が、ここでも金次郎は将棋に夢中になって間もなくお払い箱になった。それから何軒も奉公先を変えたが、いつでも将棋が祟って三月と続かない。両親も呆れ返って放っておくと、金次郎はこれ幸いとますます将棋に熱中し、十歳の頃にははや近郷近在で彼の右に出る者がない程上達した。そこで「宝珠花小僧」と呼ばれて下総の名物になった。

宝珠花小僧の金次郎は、将棋の会があると五里先十里先から迎いが来て、帰りには天保銭を土産に呉れたりした。

金次郎はだんだん慢心して、もう一人前の将棋指し気取りで、東京へ出て他流試合をしようと決心した。その念願が届いて、十二の時本所の親類を頼って上京した。するると、近所に将棋の先生がいると聞き、早速他流試合のつもりで訪れたのが、何んと時の十一世名人伊藤宗印の家であった。

伊藤宗印は前名を上野房次郎といい、幕末時代に家元派切っての闘将として、反家元派の頭領天野宗歩に拮抗した名匠である。

明治初年は囲碁や将棋が極度に衰微した時代である。就中《なかんずく》幕府の碁所、将棋所に所属した家元達は維新と共に扶持に離れたので急激な生活難に直面した。世が世なら幕府お抱えで飛ぶ鳥落す権威者である宗印名人も、本所表町の、手狭ながら辛うじて玄関付の家で僅かに体面を保っている始末であった。

宗印の家の玄関先に立った宝珠花小僧の金次郎。

「ごめん下さい」

声に応じて玄関へ姿を現わしたのは、宗印自身であった。宗印はその頃すでに可成りの老人であったが、上野房次郎時代には家元派第一の美男子と云われた人だけに、鶴を思わせるような人品骨柄であった。

「何か御用かな」

宗印は一見して田舎出と分る少年を、不審そうに眺め乍《なが》ら云った。

「将棋を指して頂きたいんです」

金次郎はおめず臆せず云った。

「ほほう。お前さんが私と将棋を？」

宗印は呆れて眼をみはった。

やせても枯れても天下にただ一人の名人をつかまえて、対局してくれと十二、三の子供が押し掛けて来たのだからこれは呆れるのが当然である。しかし宗印は子供好きだったのと、金次郎が粗末な着物を着ていても縹緻《きりょう》がよく利口そうなのが気に入った様子で、

「まあ上んなさい」

と座敷へ上げた。其の場で金次郎は宗印から四枚落ち（飛車、角、両香落）を二番指して貰ったが、最初の二番は手もなく負かされ、三番目をやっと勝った。勝ったといっても、おそらく少年の励みを失わせまいとした宗印の心遣いであったのだろう。子供ながらもそれの分る金次郎は、天狗の鼻をへし折られ、すっかり意気消沈してしまった。それでも、

「先生、私のような者でも将棋指しになれるでしょうか」

と、おずおず訊いてみた。

「なれるとも。お前さんの将棋は見どころがある。これからの修業次第によっては、後世に名の残る立派な棋士になることも出来るから、しっかり勉強しなさい」

この一言で、金次郎の一生は定まった。彼は将棋に一生を捧げようと決心したのだ。

金次郎は改めて宗印の門人となり、その後は東京中の将棋会所を渡り歩いて、小僧代りをしながら腕を磨き、四年経った十六歳の時には宗印から二段を許されたほど上達した。

そこで、金次郎は昔の武者修業もどきに、関東一円から遠く奥州地方まで将棋修業の旅に出掛け、前に云ったように、二十三歳で四段を許され、其の翌年から関西、四国の遊歴に出掛けたという次第である。現在ではゆうに六段の実力があった。

金次郎が女を連れて石段を降りて来ると、四条通りを向うから息せきやって来る早川隆教とバッタリ出会った。

「やあ、早川さん、どちらへ」

「どちらやおへん、関根はんを探しに来たんやがな。宮川町へいんできいたら、平野屋へ行かはったいうよってに、あとを追って来ましたのや」

「何か急用でも出来たんですか」

「そや、堺からあんたに会いたい云う人が来て、うちで待ってるのや」

「堺から——？　なんの用で来たんですか」

「用向きはあんたが戻らはって聞かれたらええ。とにかく関根はんにお頼みしたい事があって、大阪の小林先生のところへ訪ねて行んだら、京都へ行かはってると聞いて、此所まで跡を追うて来たいう話どす。すまんけど直ぐ帰っとくれやす」

「それなら直ぐ帰りましょう」

堺から何んの用で人が訪ねて来たのか金次郎は心当りはないが、女と道で別れ、隆教と一緒に河原町の家へ帰って来て、待っていた堺の人と対面した。

堺の人は、伊藤という姓で、堺の大黒湯という湯屋の主であった。

伊藤は早速用件を切り出した。

用件というのは、近く堺で忘年将棋会が開催されるについて、金次郎に是非出席してほしいという話であった。

「その将棋会には、玄人《くろうと》が大勢出席するのですか」

「いえ、専門家は先生お一人です」

「私は旅の人間、大阪には小林先生のお弟子さんも沢山居られるのに、どうして私一人招《よ》ばれるんですか？」

「実は、これには一寸《ちょっと》わけがありまして」

と云って伊藤は打ち割った話をした。

堺に、坂田三吉という、素人《しろうと》ながら将棋が恐ろしく強い男がいる。去年も一昨年も忘年将棋会でその男に一等を取られた。今年もおそらく同じことになるだろう。強いのだから、一等を取られることに別に苦情はないが、その男がひどく高慢ちきなので皆が癪に障っている。しかし堺にはその男と太刀打ちの出来る者がいないから、よそから誰か頼んで来て、その男の天狗の鼻をへし折ってやりたいと一同は考えたが、大阪と堺では目と鼻の間で、大阪で顔を知られている専門家を連れて来るわけにはいかない。誰かよい相手はないかと物色していたところが、将棋の神様のように思われている小林東伯斎を角香二番破った関根の噂が伝わったので、関根なら誰も顔を知らないからと、関根に白羽の矢が立ったというわけである。

そういう訳だから、金次郎に当日は名も名乗らずに素人風を装って来て指して貰いたいという話であった。無論相当の報酬を出すことも云った。

伊藤の話を聞いて、金次郎はどうしたものかと一寸首を捻った。名前をかくして素人と指すのは気が引けるが、堺から遠路わざわざ京都迄頼みに来た人に無下に断わりも云えない。

「いったいその人はどれ位指すんですか」

「私共素人では本当の力は判りませんが、玄人の二段位は立派に指すのではないかと思います。本人は大天狗ですから、四段でも五段でも恐いことはないと云うて居りますがね」

それを聞くと金次郎は俄然興味を唆られた。そういう天狗退治も旅先の一興だ。

「よろしい。じゃ参りましょう」

初手合せ

堺の忘年将棋大会は、十二月に入ると直ぐの頃開催された。

大浜海岸の一力旅館の二階全部借り切りして、朝の九時から指し始めた。

勝負は五回戦で、五連勝すれば優勝というわけである。

この日の坂田三吉の勢は物凄かった。三吉と組み合される連中はいずれも相当な指し手で、おまけに三吉は角とか香とか駒を引いているのだが、向って来る相手を一人一人、何の苦もなく撃破した。

彼は今日こそ自分の力一杯を発揮しなくてはならぬと思った。そしてそれは十二分に発揮された。

三吉の毒舌も常より一層きびしかった。相手がヘマな手を指すと、

「なんや、その手は」

とか、

「もうあかんがな、ええ加減で投げたらどや」

などと憎まれ口を吐く。おまけに三吉の声はその馬鹿でかい才槌頭の脳天から出るような、キイーキイーした、妙な音声であった。それでもって毒口を叩くのだから、相手に廻った者は、何んとも癇《かん》に障る。将棋で負かされた上に、三吉の高慢の鼻息を吹っ掛けられ、癪《しゃく》に障ることおびただしいが、勝負事は勝った方が強く、負けた方は何んと云われても仕方がない。

三吉は瞬く間に五連勝してしまった。

（まずこれで一等を取った。万屋の御隠居はんと約束した通りにでける）

と三吉は安心もしたし、得意の鼻をうごめかしていると、意外にももう一人五連勝土付かずの人間のいることにやがて気が付いた。それは、これ迄三吉が全然見掛けたことのない男で、年は自分と同じ位らしいが、もったいぶって羽織袴に扇子さえ持ち、

色男然と納まり反っている。思いなしか世話役連もその男にはひどく丁寧にしているように見えた。

(けったくその悪い奴じゃ)

三吉はその男になぜか深い反感を持った。五連勝は三吉とその男と二人しかなかった。

「さあ、三やん、このお方と一番指してんか。勝った方が今日の一等や」

と世話役の伊藤が云った。

賞品の山が飾ってある広間の真中で、関根金次郎と坂田三吉とは対局した。もう大抵の連中が規定の将棋を指してしまって手が空いているので、この優勝者同士の決勝がどうなるかと、盤の周囲へ人垣を作って見物している。

これが、明治から大正に亙《わた》って、天下の覇を争うようになった、東西棋界の両巨頭の初手合せであったのである。しかし二人ともその時はそんなことは夢想だにしなかった。運命が次第に二人をそこへ導くのである。

世話役からそれとなく洩れたと見えて、人々は金次郎には尊敬の眼を向け、三吉の方には冷笑の眼を投げながらヒソヒソ囁き合っていた。只《ただ》さえ反感を抱いていたところへ、観衆のこの気配がわかると、三吉は勃然と怒りを心頭に爆発させた。

（この役者のでけぞこないメ。将棋は姿形で指すもんやないぞ。いまに見てけつかれ。泣きべそかかしてやるから）

三吉は猛然と闘志を湧き立たせ、一と捻りに押し潰してやろうと、駒音も高く、最初から激しい勢で攻めていった。

だが、相手は幼時から、宝珠花小僧とその神童ぶりを謳われ、十二歳で宗印名人の弟子になり、その後日本国中を股にかけて、名ある将棋指しとは悉《ことごと》く対局し、修業鍛錬を積んだ関根金次郎だ。段位は四段だが実力はゆうに六段ある。

いかに悪力《あくりき》はあっても、我流で、おもに素人ばかり相手にして来た三吉の将棋では、歯が立つ道理はなかった。

金次郎は勢い込んだ三吉の攻めを、柳に風と受け流した。

（こんな筈はない！）

と三吉は躍起となったが、躍起になればなるほど一人角力に陥って、遂に完全な指し切り将棋に導かれ、見るも無慙《むざん》な敗北を遂げた。

見物は躍り上らんばかりに喜んだ。

「三やん、どないしたんや、自分勝手に尻餅ついたような、けったいな将棋だんな」

「牛若と弁慶や。弁慶が五条の橋でへたばった時はこんな風やったろな」

「三やんの将棋も、口ほどであらへん」

口々に囃《はや》し立てて日頃の鬱憤を晴らした。

「三やん、一等の賞品持って帰らなんだら、夜逃げせんでもええか」

と中にはあくどい厭がらせを云う者まであった。

三吉は眼がくらむばかりにのぼせ上った。思わず、

「もう一番!」と叫んだ。

この日の勝負はすでについているのだが、挑まれて後へ引く関根ではなかった。

「よろしい」

金次郎は莞爾《かんじ》と微笑を浮べると、静かに再び駒を並べ始めた。

「三やん、今度はふんどし締めて掛ってや」

「今度負けたら、大きな顔して堺の町を歩かさへんぜ」

見物はわいわい騒いだ。

三吉は歯をくいしばりながらも、前とはよほど慎重に指した。が、もともと腕のち

がうところへ、のぼせ上った頭ではよい考えの浮ぶ筈はなく、今度もこれという勝負どころを摑めないうちに、あっけなく指し切らされてしまった。

　三吉は屈辱で息がとまるほどだった。ゆで蛸のように真赤だった顔が、紙のように蒼白くなって、全身がワナワナと顫《ふる》えた。それでも、

「もう一ぺん、たのんま。もう一ぺんだけ指しとくンなはれ」

　と、血走った眼に涙を浮べながら、喚《わめ》いた。

　金次郎はそれも承諾した。が、金次郎は年こそ若けれ、長年広い世間を渡って苦労をして来た人間だけに、これ以上三吉を苦しめるに忍びない気がした。第一馬鹿馬鹿しい。

　勝負の世界では、こういう人間を見ることは珍らしくない。

　で、三局目は体よくあしらって、三吉に花を持たせてやった。そして、

「賞品はあなた方のほうで然るべく分けて下さい」

　と世話役連に云い残すと、内緒で報酬だけ貰ってサッササと大阪へ引き上げてしまった。

　さあ、その後が大変だ。

「三やん、今日の将棋はなんぞいな。まるで見ていられへん勝負やったぜ」

「上に上があるということが分ったか」

「今日からあんまり利いた風な口叩かんでおいて貰いたいな」

人々は口々に三吉を冷笑した。何んと云われても三吉はグゥの音も出ない。

しかし三吉は二等賞だった。彼は用意して来た大風呂敷に反物その他の賞品を包むと急いで会場を出た。がそのまま我家へ戻る気になれず海岸の方へ歩いて行った。

気が付くといつしか桟橋の上に来ていた。すでにとっぷりと暮れた夜、桟橋の上には人はいなかった。初冬の夜風汐風は寒い筈であったが、三吉には寒いのか暑いのかさっぱり分らなかった。揉みくちゃのようになった頭の中で絶えず将棋の駒が乱れ飛んだ。

三吉にとっては、将棋はこの世の中で生甲斐を感じていた、たった一つの夢だった。阿呆と云われ、あきめくらと譏《のの》られても、これだけは人様に絶対負けないと、生きるよりどころにしていた将棋を、無慙《むざん》にしてやられた口惜しさ、情けなさ。三吉はいっそ桟橋から海の中へ身を投げてしまいたかった。

が、やがて、生来の負けじ魂が頭をもたげて来ると、

「覚えてけつかれ。どこのどいつか知らんけど、今度逢うたら負かしたるぜ。三番棒に負かしたるぜ」

と闇に向って叫ぶと、それ迄大事に持っていた賞品を風呂敷ごと力いっぱい海の中に投げ捨てた。

三吉はその夜から熱を出して寝ついてしまった。

余程口惜しかったとみえて、絶えず将棋のうわ言を口走る始末だった。貧乏人の上に独身者だから、医者も来ず看病人もなく、長屋のおかみさん達が暇を見て粥を煮たり枕許の水を取り替えたりしてくれるだけであった。が別段根のある病気ではないから、一週間もすると起き上れるようになった。

元通りの体になってからも、三吉は将棋会での醜態を思うと、堺の町を歩けない気がして、引き籠って雪駄作りに専心していた。

質屋の隠居から借りた一円のことが絶えず気に掛っていたが隠居からは別に催促もしても来なかった。

「御隠居はん怒ってはるやろ」

と三吉は思った。だが隠居は怒ってはいなかった。将棋会でのいきさつは、三吉を除いた他の者は誰でも知っていた。

「罪な事をしたもんじゃ」

と世話役のやり方を非難する人もあった。

ところが或る日、

「坂田さん、郵便」

と、めったに来たことのない手紙が舞い込んだ。三吉は近所の物知りの所へ行って読んで貰った。とそれは意外にも大阪の小林東伯斎からで、大阪へ来るついでがあったら是非立寄ってほしいとの文面であった。

三吉はビックリした。小林東伯斎といえば駒を手にするほどの人間なら誰知らぬ者のない将棋の神様だ。どんな用事があるのか分らなかったが、将棋の神様が自分に手紙をくれたと思うと、無性に嬉しくなった。

で、翌日早速、極上の雪駄を手土産に持って、西区玉造橋際にある東伯斎の住居を訪ねたのだった。

東伯斎は本名小林東四郎、天野宗歩の四天王の一人で、現在では宗歩門高弟の唯一《ただ》人の生き残りであった。齢はすでに七十近かったが、また矍鑠《かくしゃく》として、棋力も衰えていなかった。彼は関西名人と云われ、段位は八段半と称された。三年前、関根金次郎が初めて大阪へ来て対局した時は、東伯斎の角落であった。

「大駒落ちなら決して負けるようなことはない。一つ潰し指しに潰して終《しま》え」

と金次郎は肚をきめてかかったところが、第一局は物の見事にあっけなく負かされてしまった。第二局は金次郎は満腔の心血を注いで、死に物狂いになってかかったが、やはり形勢不利で、どんなことをしても挽回することは出来なかった。東伯斎は思いやりの深い人だったので、遊歴の旅にある金次郎に花を持たせてやろうと、

「この対局は指しかけにしてはどうか」

と人を以て云わせた。花も実もある言葉だ。金次郎はその一言を聞くと有難くは思ったが、たとい惨敗したにしろ、敗勢明かな将棋を指し掛けにして貰ったとあっては末代迄の恥辱だと思ったから、

「お言葉は有難うございますが、是非続けて対局をお願い致します」

と、しいて指し続けることを頼んだ。

「そう迄云うなら」

東伯斎は止むなく指して、二局目も勝った。

金次郎はすぐ此の敗局を東京の師匠伊藤宗印へ報告すると折り返して、

「よくやった、よく負けた。せめて十番の御教授を受けよ」

と宗印からの返事があった。金次郎は四国、九州の遊歴に立ったので、続いて東伯斎の教えを受けることはできなかったが、今度帰って来て角香二番の対局を乞うて、その結果二番共勝ったとは云うものの、七十歳の東伯斎にはまだこれほどの棋力があったのだ。将棋の神様と云われたのも無理はない。

三吉が訪ねて行くと、東伯斎は喜んで座敷へ通し、丁寧に応対した。三吉はその威に撲《う》たれ畳へ額を擦り付けてお辞儀をした。

東伯斎は三吉に好意ある眼差しを向けながら、

「実はこの間関根君からあんたの噂を聞いたので、一度お会いしたいと思うてのう」

と、房々した白髯《はくぜん》をしごいた。

「関根はんと仰《おっ》しゃると？」

やっと顔を上げた三吉は訝しげに首を傾げた。

「先日、堺の将棋会で最後に三番指して貰うたであろうがな。あれが四段の関根金次郎というて、今日本でも五本の指に数えられる若手の花形じゃ。その関根があんたのことをひどく賞めて居った。わしも駒を並べて見せて貰うたが、関根とあれだけ戦えば大した腕前じゃ。これでもう少し定跡に明るくなれば、大阪の専門家でもお前さんに敵う者はなくなるじゃろう」

「ほんなら、あの人が、関根はんという将棋の先生で――」

三吉は初めてそれと知った。

三吉は東伯斎から賞められたことは光栄この上ないが、将棋会での死ぬ程辛かった屈辱を思い出すと、関根がそれほど名高い専門棋士なら、なぜ堂々と名乗って指してはくれなかったのか？　それは初めから皆とぐるになり、満座の中で人に赤恥を搔かせる魂胆だったのだ――と、新しい憤りがこみ上げて来た。

三吉は、東伯斎のもてなしの御馳走も、喉へ通らなかった。

重なる遺恨

関根金次郎と坂田三吉が再び顔を合わせたのは、それから十年経った明治三十六年のことであった。

その十年間に将棋界にはいろいろの出来事があった。二十七年の日清戦争の最中に十一世名人伊藤宗印が他界し、程なく関西名人、小林東伯斎もその跡を追った。維新このかたの衰微時代を、後進への道しるべに、燈台の火を高く掲げつづけた東西の両巨頭をうしない、それから後の将棋界は新しい時代に入り、次第に発展の途につくようになった。

新時代の代表者は関根金次郎であった。金次郎は旅先で恩師の訃を聞き、東京へ戻る気がなくなって、其の儘《まま》遊歴の旅を続けたが、その名は全国津々浦々にまで響き渡った。そして明治三十年久々で東京へ帰ると、家元大橋宗金（徳川幕府瓦解と共に家元は有名無実となったが、当時まで名跡は残っていて、宗金は家元最終の人であった）から六段を免許され、翌三十一年正月七段に昇った。

その同じ三十一年に、幕末時代からのただ一人の生き残り小野五平が十二世名人に就位した。関根はこれに不服を唱えて、争い将棋を挑もうとしたが、これはなだめる人があって中止した。が、将棋界の実権は関根の手に握られていた。

一方、坂田三吉は何をしていたかというと、彼は関根に対する復讐の念捨て去らず、相変らず家業は怠けがちで、将棋に没頭し、いつか専門家の四、五段の実力をつけ、関西では屈指の指し手になっていた。

彼も今は三十五歳、家には妻子があるが、将棋に夢中で家庭を顧みる暇がなかった。

明治三十六年、関根七段は十年ぶりで下阪した。京阪は関根にとって馴染の深い土地であったし、今や押しも押されもせぬ棋界の第一人者だから、関西将棋界は挙《こぞ》って関根を歓迎した。方々で関根歓迎の将棋会が催されたが、ある新聞のお好み将棋で、関根の相手に選ばれたのが誰あろう坂田三吉であった。

三吉の喜びはいかばかりか、この十年間寝ても覚めても脳裡を去らなかった仇敵関根、それに今度は個人的感情ばかりでなく、関西棋界の名誉を担う勝負だけに、三吉は眦《まなじり》を決して立ち上った。妻の小春も、以心伝心、良人《おっと》の心持を悟って、茶断ち塩断ちして、近くの摩利支天へ願掛けするという騒ぎであった。

いよいよ両者は盤に向った。手合は香香角で、香番から指し出した。

関根の方では、坂田がそんなに深い恨みを抱いていようとは知る由もなかった。

「坂田さん、久しぶりですなあ。こちらへ来てあなたが強くなったことを聞いて、喜んでいたところです」

と懐かしそうに話し掛けた。

「はい」

と一と言いっただけで、三吉の顔色はすでに変っていた。

三吉は必死で指した。が、最初の香落は関根に凱歌があがった。これは当然と云えば当然で、専門家同士でも平手で勝ちながら香落で負けることは往々あるくらい。強いと云ってもまだ本式の棋士になっていない三吉では、百戦錬磨の関根七段に香落は無理だったようだ。

関根を平手で負かすことを唯一の念願としている三吉は、香落を負けてガッカリしてしまった。次は角落番だ。

香落とちがい、大駒落で負けてはそれこそ面目丸潰れだ。三吉は必死に頑張った。そして、序盤、中盤、終盤に至る迄優勢のうちにグングン関根を圧迫して、最早勝は動かないかに見えた。

ところが、最後に三吉が関根の王を詰ます段になって、妙な現象が持ち上った。

それは幾度やっても同じ手を繰り返さねばならぬ局面——つまり終盤の千日手が出たのである。序盤、中盤の千日手は引分けとなって指し直すことになっているが、終盤の千日手は、王を攻めている方から手を変えねばならぬ、変えなければ負けとなる規定となっているのだった。専門家の間にはそうした規定のあることを三吉は知らなかった。

「けったいな将棋やな、どないしたらええんやろ」

と彼は唸り乍《なが》ら腕を拱《こまね》いた。関根は微笑を浮べながら、

「坂田さん、こりゃ千日手だよ、あんたから手を変えて貰わにゃならん」

「何だすッて？」三吉は血相を変えた。

「無茶なこと、わてが他の手を指したら、わてが負けまんがな」

「変えなければ、此の勝負はあんたが負けだよ」

「そんな阿呆なことがおますかいな」

三吉は例の才槌頭のてっぺんから出るようなキイーキイー声でいきり立った。

此の騒ぎで、主催者の新聞社の連中や、対局中の棋士達が集ってきた。

「坂田さん、関根先生を前にして、そんな大きな声を出してもらっては困るじゃないか」

と記者の一人がたしなめた。

「そやかて、見ておくんなはれ、あんまり無茶な話やよってに」

と三吉は局面を指して説明した。側にいた棋士連中が一斉に笑い出した。

「あははは、坂田君、そりゃ終盤の千日手やもん、あんたが手を変えなければ負けや」

「困った人やなあ。千日手の規則ぐらい知っといて貰わんと、大阪の将棋指しの恥になりまっせ」

棋士達は、日頃から素人のくせに馬鹿強い三吉に反感を抱いているだけに、此の機会とばかり散々に嘲笑した。

見るに見兼ねて関根が仲へ入った。

「まあまあ。知らなかったものは仕方がない。この将棋は勝負なしにして、坂田さん、もう一度指し直すことにしよう」

三吉は口惜しかった。せっかく勝ち切ったと思った将棋を、千日手にしたばかりに、自分の方が負けになるとは——

といって、規則で負けた将棋を、勝負なしにして貰って指し直しすることは、関根の恩恵にあずかることだ。それは断じて厭だ。

「これは、わての負けでよろしおま」

三吉は涙声で云うと、その儘《まま》会場を飛び出してしまった。

三吉は何処を当てもなく歩き廻りながら、一生懸命考えた。が、千日手の規則というのがどうしても呑み込めなかった。しかし他の将棋指し連中もああ云うくらいだから、そういう規則があることはあるのだろう。自分が素人で規則に暗いのを幸い、関根が素人の自分を馬鹿にするために、わざと仕組んでこういう手をこしらえて負かしたに違いない――と、三吉は悪く悪くと解釈した。

「よし、関根がそうして俺を馬鹿にするなら、俺もこれから本職の将棋指しになって、此の仇を討ってやるぞ」

小春

その夜かなりおそくなってから、三吉は天王寺脇にある我が家に戻って来た。

そこは、夜泣きうどん屋や、艶歌師や、東西屋（チンドン屋）また大阪中の喰い詰め者が寄り集った一劃で、堺の貧民窟とさして変りはなかった。

三吉は、小林東伯斎の存命中、その勧めに従って大阪に引移ったものの、まだ雪駄の下職を抜け切れぬ境涯だったのである。

三吉が対局場を飛び出したのは昼過ぎたばかりであった。それから水一杯飲まずに何処をあてともなく歩き廻ったのであるが、腹の減ったのも感じないほど、彼の頭の中は、あらゆる想念の嵐に吹きまくられていた。

関根金次郎に対する憤りも憤りだが、三吉は此の世の中の人間全体が自分の敵であるような気持がした。坂田三吉という一個の人間と、社会全体とが対立しているような気持だ。この考え方は、今度の問題に限らず、常に社会の下積みになり、虐げられ、迫害されることに慣れている三吉としては、殆んど固定した一つの思想のようなものになっていた。

三吉は、自分の将棋がうんと強くなって、鬼の関根と云われる金次郎を見事に指し負かしてやることを何遍も空想した。それは関根に対する雪辱であるばかりでなく、社会全体への復讐であるような気持がした。そしてそれは可能である。自分のこの一念を以て必ずその目的を遂げて見せるぞ、と心の中で叫んだ。

女房の小春は、暗いランプの下で手内職の麻つなぎをしていたが、声も掛けずにぼそっと入って来た三吉に気づくと、

「お帰り」

と、いそいそと出迎えた。

年は三吉と一つ違いの三十四という大年増だが、中肉中ぜい、顔も勝気らしく引緊《ひきしま》った十人並で、三吉には過ぎた女房だと近所の評判になっている小春であった。

「えろう遅おましたな、晩ご飯は？」

「まだや」

小春は一目見て三吉が負けて来たことを知ったらしかったが、そのことには一と言も触れなかった。

「わてもまだやし、一緒にご飯にしまひょ。玉江もついさっきまで待ってたけど、今し方寝てしもうて。なんやったら起しまひょか」

と、小春は片隅に寝ている今年五つになる長女のお河童頭を見遣りながら云った。

「起さんといてやり、お土産もあらへんよってに」

小春は急いでその辺を片づけ、ちゃぶ台を持ち出した。ちゃぶ台の上には小ぶりながら鯛の塩焼が一ぴき。丼鉢に盛られた強飯《こわめし》が並べられた。勝負師の女房、勝祝いのつもりで算段をしたことは明かである。

「お銚子は今つけますさけ」

「ちょっと待ってんか」

三吉は台所に立とうとする小春を慌てて呼びとめた。

「わい、折入ってお前に相談があるねやけど……」

「おかしな人、改まって何んだんね」

「えらい云いにくい事やけど、わいに三下り半を書いてんか」

「三下り半て、離縁状のことだっか」

「そやそや、その離縁状や」

「阿呆かいな、どこの世界に嫁はんの方から三下り半を書く人がおまっかいな。戯《じょう》談《だん》云わんとおいとくれやす」

「戯談やない。わいは知ったる通り明きめくらや。お前は字が書けるよってに、お前の方から三下り半を書いてんかいうのや」

三吉は大まじめだ。小春は良人の顔を見てそこへ坐り込んだ。

「あんた、急にそないな事云い出して、わてに何ぞ気に入らんことでもおますのか」

「ちがう、ちがう、それと違うね。ご近所の衆も云うたはるけど、お前はわいには勿体なさ過ぎる嫁はんや」

「ほな、何んで別れんなりまへんね？」

小春はぐっと膝を三吉に突きつけて来た。

三吉は今日の勝負の事をかいつまんで女房に話して聞かせた。語り乍らも無念の涙がこみ上げてくるのをどうしようもなかった。

「わいがほんまの将棋指しやないので、関根はん始め皆が寄ってたかって馬鹿にしくさるねン。そやよってに、わいは今日限り雪駄作りを止め、ほんまの将棋指しになって、関根より強うなり、この仇を討ったろうと決心したんや。けど、気に掛るのはお前と玉江のこと、わいはやりぞこのうて野垂れ死にしてもかめへんけど、お前や玉江をその道伴《みちづ》れにしてはすまんでなア。お前は、今のうちなら玉江を連れてでも貰い手があるやろよってに、わいは三下り半を書いて貰うて別れようと思うたねや」

「何んや、そんな事かいな」小春も眼頭に涙を浮べ乍ら、勝気らしい顔に微笑を浮べた。

「それやったら、ちょっとも心配いりまへんで。明日からほんまの将棋指しにならはったらよろしおま。ご飯が食べられなんだら、食べられなんだ時のことや。親子夫婦一緒やったらどないなってもかまシめへんやね。雪駄職人なんてちょっとも惜しいしょうばいやおまへんさかいに」

三吉と小春は、堺での幼な馴染であった。小春は不倖せな身の上で、早く両親を失うと、遠縁になるとかいう古道具屋へ引取られて子守女中がわりにこき使われながらも、どうやら土地で小学校へも二、三年通った。が、十五、六の時から大阪へ年期奉公に出されたのだった。

三吉は大阪へ引移った直後、偶然芝居裏の小料理屋で女中をしている小春とめぐり逢った。

「三やんやないか」

「小春やんか」

というわけで、幼な馴染のなつかしさに、それから二人はしげしげ会った。三吉のような男でも恋を知るから不思議である。小春の方でも三吉が好きだった。子供の時から苦労をし抜いた小春は、醜男で、貧乏で一寸見は阿呆のように見える三吉に、何か人とちがった強い魂のようなものがあることや、どこまでも正直なその一途な性格に、頼もしさを感じると、それがいつしか恋心に変るのだった。二人は割なき仲にな

った。小春は朋輩《ほうばい》達から、

「小春はんたらけったいな人や、よりによってあんな男に」

と嘲笑《あざわら》われるのも構わず、稼ぎ溜めたなにがしかの貯金を持って三吉の所へ来て夫婦になったのだった。そして今では玉江という可愛い子まである仲。

良人が雪駄作りをやめて本職の将棋指しになろうという決心。それは三吉から云えば関根を負かして仇を討つのだと云うかも知れないが、それだけでなく、此の男の魂の底に隠れている驚くべき勇猛心、無茶苦茶な向上心といったようなものを、誰よりもよく知り尽しているのが小春であった。

賽の目

三吉は三十五歳になって家業を廃《や》め、専門棋士になった。

棋士になったと云っても、当時は新聞将棋は殆んどなく、またこれという稽古先もなかった。同じ衰微時代でも囲碁の方がぐんと格が上で、碁の先生の中には教授だけでやってゆける者も少なくなかったが、将棋の方はからっきし駄目だった。

伊藤宗印と小林東伯斎亡きあと、将棋だけでどうにか門戸を張っていられたのは、小野五平名人と関根金次郎七段、それに関根とはやや先輩格である井上義雄七段くらいのもので、関根の兄弟子で宗印名人の後継者と自他共に許していた小菅剣之助さえ、将棋ではやって行けないと早く見切りを付けて、相場師に転向してしまった時代である。

だから、駈け出しの三吉が綺麗事でやって行けよう筈はなく、将棋で生活しようと思えば、市中の将棋会所でも廻って小さな賭け将棋でも指すよりほかに方法はなかった。が、その賭け将棋も、顔が売れて行くと相手が次第に二の足を踏んで、無理な駒割で指すようになり、逆に取られることも屢々《しばしば》だった。

家では、何んとか良人の志を遂げさせようと、小春が懸命に手内職をしたが、女の痩せ腕では一家を支えることは到底できなかった。それに、翌年長男義夫が生れると、これまでの栄養不良のたたりで小春は鳥目になり、体もめっきり衰弱して、気はあせっても前のように働けなくなった。

二進《にっち》も三進《さっち》もいかなくなったのは、三吉が棋士になってから一年余り経った明治三十七年の暮であった。丁度日露戦争で日本が乗るか反るかの真最中、世間は将棋どころではなかったからだ。

暮れも押し迫ってからの或る夕方、何処へ行っても相手にされず、腹はへる足はくたびれるで、ヘトヘトになった三吉が、悄然《しょうぜん》と天王寺の我が家へ戻って来ると、長屋中のお神連が表に寄り集って大騒ぎをしていた。

「何や、ボヤでも出たんだっか？」

と、三吉が近付いて行くと、お神連はわッと三吉を取り囲んだ。

「此の極道もん、今迄何処をほっつき歩いていくさった」

「この寒いのにえらそうに扇子持ちくさつて、三やんのど阿呆」

「戻って来たら、みんなで袋叩きにしてやろうと相談してたとこねんや」

お神連は口々に、がなり立てた。

「わいがどないしたと云うんや、あんまりひどいこと云うと承知せんで」

「承知するもせんもあるかい。将棋なんてしょむないものに凝りくさつて、あんなええ嫁はんに泣きばっかり見せさらしてからに。小春はんが子供を連れて家出したがな」

「げッ！　小春が家出した――？」

三吉は思わずヘタヘタとなって、其の場に尻餅をついた。

「それ、ほんまだっか？」

「まだそんな呑気なこと云うとる。長屋の男の人は皆な捜しに行ってくれてんね。若《も》し小春はんや玉江ちゃんにもしものことがあったら、三吉の奴を警察へ突き出すと皆なが云うてんや」

「いつ迄もそんなとこに平太這《へたば》っとらんと、お前も早う嫁はん捜しに行んだらどや」

三吉は、驚愕と、疲労困憊で腰が立たなかった。

「おーい、小春、玉江、死んだらあかんで、死なんといてくれやア……」

三吉は両手で大きな頭を抱えながら泣き声で叫んだ。

九時近くなってから、赤ン坊を背負った小春と、べそをかいた玉江が、近所の男達に伴なわれて戻って来た。

小春は、親子で死ぬつもりで家出をしたのだが、よい死に場所が見付からず、うろうろしているところを近所の人に発見されて連れ帰られたのだった。貧しい長屋の人達は親切なもので、ガミガミと三吉をとっちめながらも、子供に菓子を持って来てくれる者もあるし、湯茶をはこんだりして、疲れ切っている小春親子をいたわった。

中でも三吉と一番うまの合う夜泣きうどん屋の弥吉おっさんは「無事に戻ってよかった、よかった」と我が事のように喜んで、早速お手の物のなべ焼うどんを親子めいめいにこしらえて持って来て、

「さあ食べなはれ」と気前よく振舞った。

子供のがんぜなさ、玉江はなべ焼うどんに舌鼓を打っているかと見る間に、もうその場にころがって寝込んでしまった。

夜泣き屋のおっさんは三吉に向ってしんみりした調子で云った。

「三やん、わいも将棋は好きやによってにお前が将棋指しになりたい気持はわかるねん。そやけど、将棋指しになっても女房子を死なしてしもてはあかんけになあ。やっぱり元の雪駄つくりになるか」

「わいはもう雪駄つくる気はおまへんねん」

「雪駄つくる気はない云うても、飯を食わんと人間は生きていられへんがな。悪いことは云わんさかい、将棋はスッパリ思い切んなはれ」

「へ、考えさせてもらいま」

「呆れたもんや。まだそんなこと云うてんのか。わいはもう商売に出んならん。おか

みはん、お前がぜんたいおとなし過ぎる。あとでご亭主にとっくり意見しなはれ。だがクョクョしたらあかんで、正月の餅ぐらいはわいが心配してあげるさかい」

「すみまへん」

小春は赤ン坊に乳房をふくませながら鼻をすすった。

夜泣き屋が帰った後で三吉はおずおず女房に声を掛けた。

「小春、お前はほんまに死ぬつもりで家を出たんかい」

「ええ」と小春はかすかに頷いて見せた。

「あんた、すみまへんでした。魔がさしましてん。あんたが将棋指しになろうと思うても、わてら手足まといがあっては所詮なれへん。それより、わてらが死んでしもて、あんたを身軽にして上げたらと思うと、ついフラフラと死ぬ気になったんだすえ」

「阿呆云いな。なんぼわいが将棋指しになったかて、可愛い女房子殺してしもて何になるんや。弥吉おっさんの云いはることも尤《もっと》もや、ほんならわいはあすから雪駄つくりに戻ろ」

「いえ、な」小春は慌てて三吉を見つめた。

「将棋はあんたの命、止めんでもよろしおます。わてこそ死んだつもりになってやってみますよってに。今日もええ死に場所が見付からんので段々遠い所にゆくうちに、玉江が、お父ッたん今頃どないしたはるやろ、将棋勝ってお土産買うて来てくれはるやろか——と云いましてん。その一言でわてはハッとわれに返って、それで死神が落ちたんです。将棋止めんとおいとくれやす」

此の悲劇は坂田三吉の生涯のどん底であった。新しい運命は目の前に来ていた。人生の賽《さい》の目は、どこでどう変るか分らないものだ。

三吉一家にとっては、小春が死の家出した日は最悪の日であったが、翌日はガラリと変って最良の日が訪れた。

その夜、三吉夫婦は語りあかし泣きあかしたが、翌日の午後、夢にも思わなかった吉報がもたらされた。その幸運を持ち込んで来たのは、三吉もかねて顔だけは見知合いの高浜作蔵という三段であった。高浜作蔵は質屋の主人で、大阪棋界の顔役の一人だった。作蔵の実弟の高浜禎も三段であったが、これは純然たる専門衆で、後年六段まで昇り、将棋の著書も多くつくった。

ところで、作蔵のもたらした吉報というのは、来春早々大阪朝日新聞が三吉をお抱えにするという意外な話であった。

「今は将棋も一寸下火になってまんが、戦争も連戦連勝もう勝利には間違いおへんし、戦争が済めば将棋が盛んになることは分り切ってまんね。東京でも万朝報《よろずちょうほう》其他が将棋に力を入れる計画があって、それが大阪へも伝わり、それで大朝さんでも乗気になって、此の際こっちでも将棋をやり出そう。出来たら関西から名人を出して東京の鼻を明かしてやりたいという、大きな話になりましてん。それには東京方に引けをとらぬ棋士を養成するのが肝腎やというので、第一にあんさんに白羽の矢が立ったんだす」

「ひえー、高浜の旦《だ》ンはん、わいをかついだはるのと違いまっか」

「阿呆なことを。わてはあんたをかつぎに来るほど閑人じゃあらへん。わても相談にあずかった一人やが、大阪で将来恐るべき将棋指しは坂田三吉一人やと、亡くなられた東伯斎先生も云われたくらいで、あんたの強いことは誰でも知ったる。わては顔見知りやよってに、使者の役目を仰せ付かったんだす。それでなあ、手当は毎月三十円ちゅうことや」

「三十円——?」三吉は脳天から声を絞り出して思わず飛び上った。

「ほんまだっか。夢と違いまっか。聞いたか小春、わいが三十円の月給取りはんになれるんやって」

「そな承知やな。これから戻って朝日の重役さんに会《お》うて、此の事を報告せんならん。新聞社から改めて人に来て貰いまひょ。だが坂田はん、将棋指しの新聞社のお抱えというのは、あんたが最初や。名誉な事やで」

「ありがとうございまする」

破れ畳にこすりつけた三吉の額はいつ迄たっても畳から離れなかった。

翌日になると新聞社から立派な人が人力車で乗りつけて来て正式の交渉があった。おまけに三吉の貧乏話は有名だったので、新聞社では支度金として五十円を三吉に渡した。三吉は夢ではないかと嬉し涙にかき暮れた。

家賃をはじめ米屋、薪屋其他の借金もきれいに払ってしまった。新聞社のお抱え棋士となって支度金まで頂戴しては、今迄のようなぼろ着物も着てはいられないからと、小春が呉服屋へ行って、対局の時に着用する衣服、紋付羽織、袴などもあつらえた。

日頃世話になった長屋の人々にも総振舞いをした。

「三やんが朝日新聞のお抱えになって、三十円の月給取りはんにならはったって」

近所界隈の者は、まるで長屋から竜が昇天でもしたように、眼を瞠《みは》って、驚嘆するばかりであった。

三度戦う

明治三十八年に入ると、日露戦争は、一月に旅順開城、三月に奉天占領、五月には日本海会戦の大勝利と、トントン拍子にいって、九月に平和条約が締結された。その講和条約が国民の不満を買って、東京では憤激した市民の焼打事件などが起ったが、ともかく国民が勝利に陶酔し、人気の湧き立って来たことは争えなかった。

その十月、関根金次郎は最高位の八段に昇格したが、機を見るに敏な彼は、全国に戦勝気分の横溢している今こそ将棋を盛んにする絶好の機会だと睨んだ。そして将棋家元の大橋宗金から後見役を委託されると同時に、全国遊歴の途に上った。

名人は小野五平が依然として存命で、終身名人制度が厳存する以上、八段以上になることは出来ないけれども、彼は宗家の後見役として免状を出すことも自由であり、事実上将棋界の王者だった。

関根のこの遊歴は、将棋界を活潑《かっぱつ》にするためであるが、名目は全国の有段者名簿をつくることであった。昔から八段になれば免状を出しても差支えないという不文律があったが、関根はその権利をして一層権威づけるために、家元との関係を結んだのだった。

この遊歴は明治三十九年から四十年に亙《わた》ったが、その間に関根は五段を最高に約三百通の免状を出した。当時は将棋でも囲碁でも、初段を貰うことは容易でなかった。免状は軍人の勲章に等しく、貰って喜ぶのは今も昔も変りのない人情で、これがために将棋界は大いに活気付いた。

その頃、坂田三吉は、天王寺の貧民窟から漸く足を洗って土佐堀に一戸を持つことが出来た。朝日新聞のお抱えとなって月々三十円支給されたのと、朝日のような後援者がつけば三吉に対する世間の眼もおのずから変って来て、それ迄馬鹿扱いされていたのが、奇人乃至天才と思われるようになり、贔負客《ひいきぎゃく》も次第に増して来たからである。

関根は三十九年に大阪へやって来たが、大変な歓迎振りで、方々で盛大な将棋会が催され、その席上で関根は多くの人に免状を出した。高浜兄弟には仲よく四段を与えたし、明治三十年に師弟の交りを結んだ木見金次郎には五段を与えた。

木見は坂田と比較すると実力はいくらか見劣りがしたようであるが、後年毎日新聞のお抱え棋士となって坂田と対抗した関西の大立物で、其の門下からは升田幸三、大山康晴のような秀才を出している。

関根は三吉にも五段を与えた。が免状を渡す時に、

「坂田君、あんたの免状は五段としてあるが、厳格に云うと五段より少し強い。しかしまだ六段というほどではないから、対局の時は五段半の格式で指してよろしい」

と云った。

「五段半の格式と云いますと？」

「まあ床の間の方へ坐るくらいのものだな」

と云って関根は笑った。関根としては親しみをこめて冗談のつもりで云ったのだが、宿命的に関根に対して反感を抱いている三吉にとっては、此の言葉がひどく癇に障った。三吉が朝日新聞に抱えられたのも、その前に関根が「関西で恐るべきは坂田三吉一人だ」と云ったことが原因となっていたくらいで、関根は三吉に対して好意こそ持って居れ、みじんも悪意はないのだ。だが、どこ迄も関根に含むところのある三吉は、関根が自分を愚弄するのだと思って、以前以上に感情を硬化させてしまった。

五段半に憤慨した三吉であったが、現今のインフレ段とちがって、当時の五段は大

したもの。大阪には木見と二人。東京にも二、三人しかなかった押しも押されもせぬ高段者であった。

坂田三吉の名は次第に売れて来た。それに、もともと地元贔負は大阪の特徴で、三吉の異色ある将棋が認められて来ると、三吉にぜひ天下を取らそうという空気が濃厚になって、京阪神の紳士紳商を中心として有力な坂田後援会が組織された。朝日新聞からの最初の橋渡しをした高浜作蔵四段は、いつの間にか三吉のマネージャーのようになってしまった。

明治四十二年、三吉の念願は叶って、大阪朝日新聞は関根を招聘し、関根対坂田の三番勝負が催されることとなった。

此の対局は、京都の河原町にあった京都倶楽部で行われたが、朝日新聞はじめ地元の新聞は大きくこれを取扱い、東西の雌雄を決する大勝負として世間の視聴を集めることに成功した。

手合割は、八段と五段の規定通り、香香角であったが、玄人筋の予想は矢張り関根有利と云われた。当時関根は指し盛りで、天下無敵を誇っていたのと、一方三吉が実力のわりに定跡に暗く、腕力一方で平手将棋が得意であるほど、駒落将棋は得手でないと見られているからであった。

それはともかく、対局日になると、関根には旧知の京都人である早川隆教五段が、三吉には高浜作蔵四段が附き添って、京都倶楽部に現われた。

早川隆教は、関根より齢も三つ四つ上であったが、現在八段として、八十余歳の高齢で猶京都に健在である。将棋界では日本随一の大先輩だ。

対局前に、記者達は先ず関根を取り囲んだ。

「関根先生、何か一と言戦前の御感想を」

「勝負については別段何もありませんが、前から一度景色がよくて美人の多い京都で指したいものだと思っていましたよ。アッハハ」

と関根は如才ないことを云い乍らも、勝負は問題でないという風を見せた。

記者達は次に三吉の感想を聞いた。

「関根はんには昔負けてまんが，今度は絶対負けんつもりだす。只残念なのは香香角で、わいは平手で勝ちとおましたねや」

と三吉は正直に答えた。

美人の多い京都——それは関根の洒落ばかりでなく、京都へ着いた晩から宮川町へ足を入れる関根であった。若い時分も、壮年時代も、老境に入った晩年でも、どんな重大対局を控えている時でも、関根の折花攀柳《せっかはんりゅう》の癖は止まなかった。

それでは彼は対局に対して不熱心であったのかというとそうではない。彼は対局場に臨む時にはいつでも短刀を懐中に忍ばせていた。若い頃日本国中を遊歴して将棋の修業をした時には、事実どうかすると一身の危険を感じるような場合がよくあった。それがために初めは全く護身用の目的で短刀を持ったのであるが、それがいつか習慣になって、それが必要でなくなった晩年でも、重大な対局をする場合には短刀を忍ばせていないと何か物足りないのだ。短刀を懐中に入れて行くということが一種の真剣な気持を湧き立たせるのだった。そういう時は、寝る時も枕元に短刀を置くのだった。要するに勝負師の心構えである。

勝負は決しておろそかにしないけれども、関根には綽々《しゃくしゃく》たる余裕があった。

しかし三吉の方は必死だ。積怨《せきえん》の宿敵関根を今ここで倒さなくては、自分の将棋に対しても自信が持てなくなるが、第一恩義ある新聞社や、後援会の人々に対しても申訳がないと思った。

女房の小春も大阪からついて来ていて、清水観世音へはだし参りをするという騒ぎであった。

関根は駒音も立てず静かに指した。彼も血気の頃には、盤も割れよと駒を叩き付けるように指したものだが、いつ頃からか、駒を指の先でおし進めるような静かな指し方に変った。同時に対局の態度の堂々たること、もはや誰が見ても名人の貫禄が十分であった。

三吉は必死の形相物凄く、盤に喰い入るようにして指した。

最初の二番は香落である。

香落には香落の定跡がある。即ち敵の片方の香車がいない、その弱点をねらって作戦を進めるのである。三吉とても無論香落の定跡くらい知らぬことはない。が、彼はわざとその作戦をとらなかった。そして平手将棋の指し方で戦った。敵の痛みを咎めるということをしないで、わざと対等の形式で指し進んだ。

観戦者達はそれを見て、三吉が例のつむじ曲りをやり出したのだと思い、これでは香落の得を十分に発揮することが出来ないから、三吉の負けだと思った。附添いの高浜作蔵などは、控え室へ来て、

「困った男だ」

と溜め息を吐いたくらいだった。

だが、三吉はもう昔の三吉ではなかった。その将棋の独創的であることは古今に類がないほどだった。おまけに今日は必勝の気魄で臨んでいる。関根が気が付いた時には、自分の方が形勢が悪くなっていた。関根もそこで必死となって盛り返そうと思ったが、すでに遅く、坂田は妙手を連発して、見事に押し切ってしまった。

関西方は凱歌を挙げた。

翌日も同じ場所で勝負が行われた。やはり香落だ。

今日は関根も油断したというわけではなかったが、矢張り三吉の物凄い将棋に、ややもすれば圧迫されがちだった。さりとて自分より強い道理はないので、時々常規を逸した三吉の駒さばきを見て「こんな将棋があるものじゃない」と、小馬鹿にするような気持になって指すうち、自分の方に落手があったりすると、三吉の悪手だと思った手が急に妙手に変ったりして、激しいせり合いの結果、到頭関根は負けてしまった。

「坂田君は強くなったものだ」

と関根は局後に云ったが、しかし内心は、この香落将棋に二番も負けたことが不思議でならなかった。

大阪方は有頂天だった。

「香落二番勝ったんだから、あとの角落は問題じゃない」

と、もう関根を完全に仕留めてでもしまったように思って、新聞は坂田の勝局を大袈裟に発表した。

三日目は角落番だ。香落は殆んど平手に近いが、角落は大変な差だ。専門家同士との、しかも高段者同士の対局では、角落などという手割は滅多になく、あれば問題にならないとされている。

しかし関根は此の一局を勝って、面目を維持するより外に方法はなくなった。日本全国を股に掛けて来た勝負師鬼関根の怪力が此の一局に集中された。一方三吉は、香落二番勝って、心の驕りがあったかして、楽勝を確信した大駒落の勝負に、却って関根に翻弄される結果となって、遂に駒を投げなければならなかった。

三番勝負を二対一で勝ったとは云え、大駒落で負けたのでは大して自慢にならない。

戦いの前夜

大正二年の三月下旬のことである。

夕刻の大阪駅は相変らず目まぐるしいほどゴッタ返していた。三月下旬といえば、上方見物の客で一番賑わう季節である。

その混雑する大阪駅の一、二等待合室に、ひょっと人目を引く風変りな一団があった。服装もまちまち職業もまちまちらしい二十名余りの一団で、中に取り囲まれているのは、黒羽二重《くろはぶたえ》の紋服に仙台平の袴、右手に扇子を持ち、左手に信玄袋をさげた坂田三吉である。黒の中折帽を例の大きな才槌頭の上にチョコナンとのっけているのが、どことなく間が抜けた滑稽な感じであったが、それでも昔とは見違えるような堂々たる姿だった。

三吉の横手にはこれまた見違えるような御寮はんぶりを示した小春が、年頃になった玉江と小学生の義夫をともなって附き添っていた。

突然大きな音がすると、パッと眩しい閃光が走り、異臭が鼻をついた。三吉達を撮影するために新聞社の写真班がマグネシュームをたいたのだ。

「わあ、びっくりさせよる。何や眼がぼけてしもた。わいは写真は大嫌いや」

三吉は眼を瞬《まばた》いて云った。

「先生、こんな事で驚いたらあきまへんぜ。東京で関根はんに勝って見なはれ、ポンポンと花火みたいに写真うつされまっせ」

と誰かが笑い乍ら云った。

この時遅れて駈けつけて来た朝日新聞の小倉学芸部長が人々を押し分けて三吉の前に行った。

「失敬失敬、ちょっと会議で手間取って。坂田先生、しっかり頼みますよ。我が社の、いや大阪棋界の為に大いに戦って来て下さい。私も直ぐ後から上京しますが、東京の社の方には十分知らしてありますから、何んでも遠慮なく社に云って下さい」

「いろいろとすみまへん」

三吉は帽子を取って丁寧に頭を下げた。

小倉学芸部長は三吉の後に控えている高浜作蔵の側へよった。作蔵は五段になっていたが、今では質屋の方は番頭にまかせきりで、三吉のマネージャーを自分で買って出て、今度の上京にも無論附き添って行くのだった。

「高浜さん、坂田先生はあの通りの方だから、あなたが一つしっかり頼みますよ。東京の社会部長の山本笑月君に連絡してあるから、何彼の事は山本君と相談して下さい」

「よろしおます」

「手合割のことで揉めるかもしれんが、我が社と大阪棋界が推薦した七段だから、向うが何んと云おうと七段の手合割でやらせるように頑張って下さい。ゴタゴタが起った時は社が引受けますから」

「大丈夫だす」

と作蔵は自信ありげに頷いて見せた。

三吉は四十二年に大阪の有力者達によって六段に推薦されたが、今度の上京に際してまた七段に推薦されたのだった。それに対して東京側から正式の抗議はなかったが、東京の棋士連を刺戟しているらしいことは想像に難くなかった。当時は現在と違ってハッキリした昇段規定がなかったのである。

「さあ、ぼつぼつ這入《はい》りまひょう。乗りおくれたら事や」

三吉は大きな声でそう云って自分が先頭に立って歩き出した。

三吉は二等車の中に納まった。まだ時間はたっぷりあるが、発車のことや席のことが気に懸るので、もう動こうとせず、窓から顔だけ出していた。人々はその窓の外に半円をつくった。

「坂田先生、頑張っとくんなはれや」

「関根はんばかりやない。東京の将棋指しを残らずコテンコテンに頼みまっせ」

人々は口々に勝ってなことを云った。

三吉は首振り人形のように絶えず方々に向って頭を下げたが、あから顔が上気して一層赤く、眼頭には涙がたまっているようだった。

発車時刻が迫ると、人々の中から二十一、二の青年が前へ飛び出した。そして、

「先生、大阪将棋界のために必ず勝って帰って下さい」

と感極まったように叫んだ。

洗い晒した紺飛白《こんがすり》のよれよれのセルの袴という見すぼらしい服装であったが、その顔は精悍闘犬を思わせるものがあった。

三吉はその青年に向ってても丁寧に頭を下げた。それは後年三吉の意志を継いで、名

人位を関西に奪取しようとしたが、第三期名人戦で木村義雄に敗れて憤死した神田辰之助の若き日の姿であった。神田は当時まだ二段であった。

発車のベルが鳴った。半円が拡がった。その時、小春と玉江と義夫が窓の真下へ来た。列車がゴトンと動き出した。と、義夫が突然、

「お父ッたん、勝って来てやア」

と大きな声を張りあげた。

「坂田先生万歳――」

「万歳――」

期せずして人々は万歳を絶叫しながら――手を振り帽子を振った。三吉も半身を窓から乗り出して中折帽を振りつづけた。三吉の眼から涙が溢れ出た。

「大した見送りだしたなあ。あしたの新聞にデカデカと出まっせ」

作蔵は愉快そうに話し掛けたが、三吉は何故か落着かぬ様子で、返事もうわの空だった。

関根は四十二年の京都倶楽部での対局以来上方に姿を見せなかった。で三吉は周囲の勧めもあって、こちらから出向いて勝負をしようと遠征することになったのだが、

それは個人の意志というよりも寧ろ時の人として辿らなければならぬ宿命であったとも云えた。

神戸と京都よりほかの土地に出掛けたことのない三吉にとっては、今度の上京は洋行するほどの思いであった。窓外を次第に遠ざかって行く大阪の灯が、三吉の眼にはいつになくうら悲しいものに映った。それは召集されて戦地へ出発する兵士の心理であった。三吉は大阪駅頭の興奮した誰彼の顔、ことに万感の思いをこめて凝《じ》っとこちらを瞶《みつ》めていた小春の眸《ひとみ》を思い浮べると、何故かブルッと身顫《みぶる》いが出た。そして、

「こら、えらいこっちゃ、えらいこっちゃ」

と、独り言をいった。

京都駅のプラットホームには、常々三吉を後援している家村喜三郎という毛皮商の主人が待ち構えていて三吉の大好物である祇園の「いつう」の寿司をさしいれ、また相当かさ張った新しい皮財布を手渡した。

「これ当座の軍用金どすけど、無くなったらいつでも電報を打っとくれやす。そやけど坂田先生、あんまり阿呆な将棋指さはると、二度と逢坂山《おうさかやま》のトンネルは抜けられまへんえ」

家村は財布を手渡しながら、真面目とも冗談ともつかずにそう云った。それは三吉の心理をその儘現わしていた。

浅草の花屋敷の裏手にあたる所に、東京に名の聞えた将棋会所があった。席主は伊藤作次郎という素人五段であるが、場所柄もあって此の将棋会所には、東京は勿論千葉や神奈川あたりからも強い指し手が集って来て、年中いつでも繁昌していた。中には賭け将棋で徹夜する連中も少なくなかった。

或る日の午後、伊藤将棋所にぶらりと這入って来た紳士があった。山高帽を冠り、八字髭《はちのじひげ》をピンと生やし、春外套にステッキをついているところは、相当位置のある官吏といった風采であるが、それは関根金次郎八段であった。

目ざとく関根を見付けた席主伊藤が、

「これはこれは、先生」

と、飛んで来て、手を取らんばかりにして上に招じ上げた。

上は格子越しに表からも覗くことの出来る対局場で、既に幾組かが勝負を争っていた。

「いつも盛んで結構じゃのう」

関根は山高帽と外套を脱ぎながら云った。席主はそれを受取って壁に掛けた。関根は伊藤の席になっている大きな丸火鉢の前に袴の裾をポンと叩いて坐った。

「どちらへお出ましで？」

「いや、云わずと知れた北廓《ほっかく》の帰りじゃよ」

「これはお見外《みそ》れ申しました」

伊藤は笑いながら茶をいれた。

この時、奥の間から、手拭をぶら下げた職人風の男が現われると、直ぐ関根の傍へやって来て気軽な調子で、

「先生、今日は」

「よう宮松か。また徹夜か、精が出るのう」

「先生と違って、徹夜でもして小遣いを稼ぎませんと、なかにも行けませんからね」

「耳の早い男じゃ」

と関根は苦笑した。

此の男は後年七段まで昇った宮松関三郎であった。宮松は当時三段で、賭け将棋では伊藤将棋所でも右に出る者がないと云われていたが、根が好人物である上に世話好

きであるから、将棋界での人気者になっていた。

「関根先生、あれですよ、いつかお話した子供は」

宮松は関根の注意を、隅の方で指している十二、三の少年に向けさせた。

「ほほう、可愛い少年じゃ。何んとかいったっけな」

「木村義雄です。本所表町の下駄屋の息子で」

「木村義雄か、うん、立派な名前じゃ。相川の生れ替りと云われているのはあの坊やじゃな」

相川と云うのは、関根と同じ伊藤宗印門下で麒麟児と称された相川次作吉のことであった。相川は惜しいことに夭折してしまったが、やっぱり本所表町の生れであった。

「左様で。時に先生、またとない機会ですから、あの子供に一番教えてやって頂けないものでしょうか?」

と宮松は直ぐ世話好きの本性を現わした。

「よろしい。指して見よう。此処へ呼んでおいで」

関根は自分が十二歳で宗印名人の宅へ押し掛けて行って教授を受けた時のことを思い出していた。

宮松は喜んで、

「義坊、義坊」

と呼んで、少年を関根の傍へ連れて来た。

関根は義雄に二枚落で三番指してやった。

それから二、三時間の後、関根は伊藤と宮松とを連れて「いろは」に出掛け、牛鍋を囲んだ。三人ともいける口で、忽ち空になった銚子が五、六本卓上に並んだ。

「先生、あの義坊はものになるでしょうか」

「なるとも、大なりじゃ。貴公とは筋が段違いによい」

「何も私を引合いに出さなくたって」

と宮松は苦笑した。

木村義雄は、少年に似気《にげ》なく落着き払っていて、関根の二枚落を、最初の二番見事に押し切ったのだった。そこで三局目は関根が少しムキになって勝ったのだが、関根の眼から見て玄人の初段は十分あると思われるのだった。

「何んならわしのとこに内弟子に置いてもよい。丁度花田長太郎もいるから」

関根はいかにも楽しそうにいった。関根は将棋の方でも無論貢献したが、それ以上に得難い伯楽としての功績が大きかった。土居市太郎を四国の片田舎から引っ張り出したのも彼であったし、坂田三吉の鬼才を最初に発見して世に出す緒口《いとぐち》をつくったのも他ならぬ関根であったのだ。

「結構なお話ですが、本人は将棋指しより外交官になりたがっているんです。しかし家が貧乏だから今年小学校を出ても上の学校に行けず、どうしたものかと迷っている様子です」

「そういう希望なら、わしから柳沢伯にお願いして、柳沢家の書生にしてもらってもよい。伯爵の将棋のお相手をしながら上の学校へ通わせて貰う事も出来るからな。しかし、ようしたもんで、あれだけの天分を持っている者は、今はどう思っていても、必ず将棋に戻って来るものじゃよ」

「一つ義坊の親父さんに逢って、先生のお話を伝えましょう」

「それはそうと先生、坂田さんとの対局の件はどうなっているんですか？」

と伊藤が口をはさんだ。

それを聞くと関根は一寸顔色を曇らせた。

「それはまだ決っとらん。香落ならともかく勝手に七段を名乗って半香で指してくれと云うものだから、こちらも癪に障って、この前の通り香香角なら指そうと突っぱねたんじゃ」

「いくら朝日新聞や柳沢さんが後援しているとは云え、全く無茶な話ですよ。一寸耳にはさんだところでは、小野名人も向うの肩を持っていられるとかいうんですが」

と宮松は気色ばんで云った。

「小野名人の考えはどうでも構わんが、朝日は将棋界にとっては大事のお得意先、柳沢伯も将棋界にとっては大切なお方だから、そう強い事ばかりも云って居られん事情もある。わしもそれやこれやで気がクサクサするもんだから、ゆうべは気晴らしに吉原へしけ込んだという訳さ」

「それで此の決着はどうなるんです。全体坂田三吉という人はそんなに強いんですかね」

「強いことは強いが、わしは香落なら絶対に負けんつもりだ。実を云うと、将棋界の為になる事なら、わしは半香で指しても構わんと思うとるが、こういう問題はわしの一存でも決めかねるでのう」

関根は将棋同盟社という団体を組織していた。同盟社には土居六段、金五段、花田四段などという若手の錚々たる連中が集っているので、関根としてはそうした棋士達の思わくも考えねばならぬ立場にあるのだった。

命がけの角打

手合割のことで行き悩んだ関根対坂田の対局も、新聞社や柳沢保恵伯の斡旋が功を奏して、遂に実現の運びとなった。将棋に限らず、こういう大勝負はスムーズにゆくよりも戦前にゴタゴタのあった方が却って人気を湧かせるものだ。それに、その勝負は将棋の歴史が始まって以来曽て一度もないという激しい性質のものだった。

手合割は「香車次第」ということに決った。

香車から始めて、その後は一番手直りという、実に激しい申合せであった。碁でも将棋でも四番手直りが昔からの定法である。それを一番手直りにしたのだ。この空前の申合せが発表になると、世間があッと驚いたのも無理はない。

これは明かに決闘である。勝負が片よって若し一枚落以上になれば（一番勝負だけにその可能性は十分あった）指込まれた方は棋士としての生命を失うは必定だ。恐らく関根も坂田も事態がそこまで発展することは考えていなかったであろう。時の勢で、勝負師としての意地と行き掛りから、後へ退けなくなったのに違いない。

朝日ばかりでなく、東京の各新聞は、東西代表者の争覇戦としてこれを大々的に報道した。ことに黒岩涙香の指揮下にあって囲碁、将棋に力瘤を入れていた万朝報では、勝負の結果を号外で出す手筈を決め将棋の担当者である三木愛花が予想記を書いたりした。

対局は四月六日、場所は京橋の貸席築地倶楽部と決った。当日になると、築地倶楽部には観戦者や新聞記者が続々と詰め掛け、早朝から早くも満員の盛況となった。対局開始はほぼ十時からで、関根も坂田も九時頃到着したが、各自関係者に伴なわれて別室へ行き、対局迄は顔を合わせないことにした。

ところが、九時半頃になって、思いがけず小野五平名人が俥《くるま》で乗りつけて来た。小野名人は既に九十歳に近く、腰は曲っていたが、まだ顔の色沢《いろつや》はよく、十徳姿《じっとくすがた》に白い顎鬚をのばしているところは、芝居に出て来る水戸黄門を彷彿させるような威厳があった。居合わせた連中は皆驚いて名人を出迎えたが、将棋通の朝日の社会部長山本笑月は、

「名人、御観戦ですか」

と訊ねた。

「いや、大切な将棋だから、間違いがあってはと思うて立会いに来ましたのじゃ」

と小野名人は答えた。

「それはそれは、関根君も坂田君も光栄に思うでしょう」

「錦上花《きんじょうばな》をそえるとは此の事ですな」

と誰かが云った。小野名人の出現で、勝負の雰囲気はいやが上にも物々しくなった。

十時近くになると、同じ黒紋付、白足袋姿の関根と坂田とが対局場の大広間に現われた。関根の附添いは金易二郎五段、坂田には高浜作蔵五段が従っていた。

小野名人はその少し前から床の間を背負って着座していた。少し離れて榧《かや》の六寸盤がでんと置かれていた。

「名人、わざわざ御苦労様です」

と、関根は着席すると同時に軽く一礼したが、三吉は例によって平伏せんばかりのお辞儀をした。

が、再び顔を上げて関根の顔を見た三吉の瞳には、既に殺気がみなぎっていた。

関根はこれをグッと睨み返した。

当時の対局には、現今のように正式の記録係も居なければ、また制限時間もなかった。

「ぼつぼつ始めたらどうじゃの」

という小野名人の言葉で対局は開始された。

満場水を打ったように静かになって眺めるうちに、双方の駒音だけが高く鳴ったが、意外や、三吉の作戦は先年の京都の時と同様、香落定跡を全然無視した七間飛車であった。力将棋の人は好んで七間を用いるものである。関根は金銀四枚を玉側に備え、極力受けて指し切らす方針を取った。小野名人はしきりに小首を傾げ出したし、観戦者の間でもヒソヒソ囁く者があった。

無茶だと呆れる者が多かったが、中には「あれが坂田流、何を仕出かすか分らんさ」とそこにスリルを感じている者もあった。

もともと三吉は独創的な力将棋が得意だ。それは文盲だから普通の棋士のように本を調べることが容易でなく、自然定跡に暗かったのであるが、一つは人の真似はしたくないという、生来の意地ッ張りからも来ていたのである。ことに今日は乗るか反るかの運命を賭けた勝負、あく迄坂田三吉らしい将棋を指して関根を負かしたかったのである。

無言のうちにも三吉の意気込みはすさまじく、一手一手白刃を突き付けるような殺気を含んでいた。が、関根はいささかも動じる色がなかった。と云うよりも三吉の定跡外れの作戦を見てからは、既に勝負はあったという面持であった。事実、序盤から中盤と関根は次第に優勢を示して、夕食の休憩前には坂田の桂馬を只取りして、勝負はもはや動かぬかに見えた。

立会いの小野名人は、夕食の弁松の弁当を食べ終ると直ぐ帰り支度を始めた。記者連は小野名人が勝負の見極めのついたところで帰るのだろうと気にかけなかったが、朝日の山本笑月だけは玄関先に追っていって、名人の予想を打診した。

「名人、桂を只取りされては坂田さんの負けでしょうね」

「まだ分らん。桂は取っても歩切れじゃからのう」

と答えて、俥に乗った。

これは後の話だが、翌朝の新聞はみな坂田に絶対勝目なしと書いてあったが、朝日だけは小野名人の感想として「形勢まだ互角」と報じてあった。

八時頃から再び対局が開始された。三吉は命を賭けた将棋である。どうしても負けられない。たとい相手は歩切れにもせよ、桂損の打撃は大きいから、一手ごと慎重に指した。

三吉は攻め潰そう、関根は指し切らそうの中盤戦が、角の交換で一段落になった時、関根は七一玉と引いて玉の早逃げをした。

これが関根の十八番の手である。

関根はどっちかといえば、受けの将棋であった。中盤戦の激しい時に、攻撃をあせらないで、敵を指切りに導くのが得意の戦略だ。

三吉は関根に玉の早逃げをされて、果して弱った。下手に攻めれば敵の術中に陥って指切りになる。三吉は必死に考え出した。

十二時頃から考え出し、一時になっても二時になっても三時になっても三吉の手は動かなかった。広い額にはビッショリ膏汗《あぶらあせ》が浮び、こめかみの辺りには青筋が蚯蚓《みみず》のように盛り上っていた。其の時刻になると観戦者の数も減った。

「坂田先生は一体何を考えてるんだろうね」

一人の棋士が、三吉の往生際の悪さを嘲けるように仲間に囁いた。と、その瞬間、

三吉はカッと血走った眼をその方に向けると、

「坂田の将棋がお前等に分ってたまるか、黙って引っ込んどれ！」

と恐ろしい剣幕で呶鳴《どな》り付けた。

三吉に呶鳴られた棋士は這々《ほうほう》の体で何処かへ姿を消してしまった。下位の棋士が上位の棋士の対局に批判がましいことを云うのは大の法度《はっと》で、これは何んときめ付けられても仕方のない事である。

怒りを鎮めようとした三吉は、

「失礼しま」

と関根に断わって、手洗いに立って行った。が、自分でも腑甲斐ないほど足許が危なかしかった。

廊下を行きながら三吉はふと、京都駅で後援者の家村が「あんまり阿呆な将棋を指さはると二度と逢坂山のトンネルは抜けられまへんえ」と云った言葉を思い出した。同時に最愛の小春の顔、玉江の顔、義夫の顔がゴッチャになって脳裡に現われると、思わずフラフラッとした。

この将棋に負けたら生きては大阪へ帰れない――

「坂田先生どうかなさったかな」

手洗いから戻りがけらしい老人が、柱につかまっている三吉を支えるように倚《よ》り添った。

「いや、ちょっと蹴つまずきましてん」と、三吉は負け惜しみを云いながら、

「あんさん、どなたはんだす」

「寺田浅次郎です」

「あんたが寺田はんだったか、お初うに――」

三吉は頭を下げた。

寺田浅次郎は、当時浅草福井町に将棋会所を開いていた六段で、どの派にも属さない奇骨のある老棋士として知られていた。現在の寺田梅吉六段は浅次郎の子である。

「勝負はこれから、立派な将棋を見せて下さい」

浅次郎は云った。

「おおけに、おおけに」

三吉は続け様に頭を下げた。寺田の言葉で急に心が明るくなった。勝負事は何事によらず不思議に好調の方に贔負したくなるものである。ことに対局場には関根一派の

棋士が殆んどで、三吉は四面楚歌の声を聞く思いがしていた。それだけに寺田の一と言が三吉の胸に強く響いたのだ。

手洗いから戻って来ると、三吉は気を新たにして又考え込んだ。そのうちに夜が白々と明け放れて来た。

築地倶楽部は六日一日の約束であった。七日には早朝から他の予約があった。将棋はまだ中盤の勝負所だ。が、此の将棋は前以て指し掛けにはせぬという約束だったので、双方の関係者が相談した末、場所を新富町の小松将棋所に移すことになった。

小松将棋所は明治時代に活躍した小松三香という六段が開いた将棋会所であるが、三香の死後、名はその儘にして川井房卿という六段が引継いでやっていた。

三吉は小松将棋所へ移ってからも尚読み続けた。が遂に（正確な記録は残っていないが、この一手にタップリ五時間以上使ったらしい）発止とばかり、四八角と、自陣に角を打ち下した。

この四八角は、観戦の専門家が誰一人として予想しなかった手であるが、打たれて見ればたしかに攻めと守りによく利いた含みの多い妙手であった。

妙手でもあった筈で、三吉はこの角打に、自己の運命と、妻子の運命と、そして関西棋界の浮沈の、一切を賭けて打ったのだ。

棋勢の絶対と見た上に、三吉の馬鹿馬鹿しい長考にウンザリしていた関根は、ついウトウトとしていたが、盤も砕けよと打ち下した激しい駒音にハッと眼を見開いた。と、遠く敵陣からこちらを睨み付けながら、今にも飛び掛って来そうな角を発見した。

「ウーン」関根は思わず唸った。

関根の形勢が次第に険しくなっていた。やがて彼はジロリと三吉の顔を一瞥、

「なるほど、これはウカツには指せんわい」

と呟くと、扇子を膝の上に突立てて懸命に読み耽った。

関根は一時間近く熟考してから、自信ありげな手つきで、七九角と敵陣に打ち込んだ。これまた攻防両用の好手で、互に角使いの妙技を争ったわけだが、専門家の意見では、やはり関根の優勢は動かぬと見られた。

だが、こういう大勝負になると、僅かな気合いの相違が大きく響くものだ。三吉が命がけで打った四八角を転機として、勝利の神は関根から去った。

それから数手後に関根は大悪手を指してしまった。形勢は俄然逆転、そうなると三吉の四八角が働き出し、正午頃迄には関根は完全に攻め潰されてしまい、遂に、

「これ迄」

と駒を投じた。

小松将棋所には朝から記者達が詰め掛けていたが、この意外の結果に驚き、予定原稿の訂正に慌てて電話へ走るやら、てんやわんやの騒ぎとなった。

山本笑月は平素関根とごく親しい仲だけに、関根に気兼ねしながら、

「坂田さん、今夜社の幹部がお招きしたいそうですが、御都合は？」

と訊ねた。

「今夜はかにしとくんなはれ、ねむうて、ねむうて、これから宿屋へ帰って寝さしてもらいとおますけ」

と三吉は断わると、関根や関係者に挨拶を済ませ、高浜作蔵を促がして皆より一と足先に小松将棋所を出た。外はポカポカと暖かい絶好の花見日和であった。

「先生、よろしおましたな」

少し行ってから作蔵が声をうるませながら云った。

「高浜はん、あれはわてが打った角やない。負けたら汽車に飛び込むか首をくくらんならんと考えていたわてを可哀そうやと思うて、神はんが授けてくれはった角だっ

せ」

三吉は立ち止ると、人通りのはげしい道路にいることも忘れたように、眼を閉じ、両手を合わせて動かなかった。勝利の歓び、そんなものではなかった。昨日からの危うかった自己の運命を振りかえると、勝利の歓びに陶酔するよりも、むしろ勝利の悲哀といった方が適切であるくらい、何んとも云えない哀歓にとらわれてしまった。その閉じた眼から涙がスーッと流れ出た。

万朝報は予定通り勝負の結果を号外に出した。

各紙は夕刊に、坂田の勝利を大きく取扱った。四八角を、鬼才坂田の放った天来の妙手と賞めたたえた。

坂田三吉の名が、関西棋壇だけでなく、日本全国に轟いたのは、此の一局からであった。

「香車次第」という、一番勝負の激しさ、次はもう平手番であった。

三吉は今度の上京に際し、関根と対局する前に、土居六段、大崎五段、金四段、溝呂木四段の四人と対局したのだった。此の成績は六戦四敗で、余り芳しくなかった。

土居との手合せは半香で、三吉は香落番を土居に負けていた。で関根との対局のあとで土居と平手番を指したが、三吉はこれにも負けた。しかし三吉の目指す相手は関根一人だから、彼は他の者には負けても平気だった。

「香車次第」の約束で、三吉は関根に香落を勝ったのだから、次はもう平手だ。三吉は直ぐ続けて平手を指したかったが、関根は名古屋の将棋会へ出席の約束があったので名古屋へ行ってしまった。

三吉は東京で関根の帰りを待っているのが待ち切れなくて、土居との一局を済ますと名古屋へ関根の跡を追って行って、同地で催された将棋会の席上で再び関根と対局した。

当時関根は棋力の最も旺盛な時代であった。棋級は八段だが天下無敵を以て自ら任じ、坂田三吉の如きは眼中になかった。東京で香落戦に負けたのも本当に負けたとは思わなかった。徹夜で三吉の馬鹿馬鹿しい長考にウンザリして根気負けしたのだと解釈していた。

だから、平手となると、鼻息が荒い。

「平手じゃ将棋にならん」

という意気。

関根はこの対局では徹頭徹尾坂田を馬鹿にして指した。

駒組は、櫓《やぐら》に囲いながら、玉を動かさず、居玉というので、而《しか》も中飛車にして攻めた。

一方三吉の方は将棋が頗《すこぶ》る不出来だった。関根に居玉で指されながら、それに乗ずることが出来ず、中押《ちゅうおし》で負かされてしまった。

これで又手合は香落に戻った。

聞根はサッサと東京へ帰ってしまった。

三吉は口惜しくて、又東京へ関根を追って行こうとしたが、これは高浜作蔵に留められ思い止まって大阪へ帰った。

大阪駅頭には、出発の時以上に多勢の人々が集り、三吉はまるで凱旋将軍のように迎えられた。名古屋での勝負は余り問題にされなくて、東京での四八角打の将棋ばかりが世間の評判になり、坂田ならではの天来の妙手と喧伝されていたからである。

実際、関根と坂田の勝負は、かの「香車次第」がヤマであって、後世までの語り草となっている。

だが三吉の身になれば、どうしても平手将棋で関根に勝ちたいのである。いくら名角と謳われても、香落では仕方がない。

これ以来坂田三吉の名声はとみに上り、関根金次郎と坂田三吉は東西将棋界の両王将として世間でも許すようになった。それは丁度一と昔前の伊藤宗印と小林東伯斎の存在とそっくりであった。

当時三吉は伶人町に居を構えて、道場を開いていたが、そこではいつも朝日新聞の対局が行われたし、関西一円の棋士で一度や二度は坂田道場を訪れぬ者はなかった。また三吉の風を慕って師弟の関係を結びたがる棋士も次第に多くなった。その中でも、三吉の個性強い棋風や、不撓《ふとう》不屈の精神を最もよく受け継いだのは神田辰之助であった。

家事一切は妻の小春がうまく切り廻し、玉江、義夫、一番末の君江と、三人の子供もすくすく成長し、三吉は只将棋に専念していればよかった。

大阪での勝負

三吉は最初の上京をした翌年、大阪朝日から関根を招聘して貰うよう運動した。それが取り上げられ、朝日は大阪での三番勝負を関根に申込んだ。

関根は無造作にこれを承諾した。関根を盟主とする将棋同盟社では事重大と見て、誰か有力な棋士を附添い人として同伴させようとしたが、関根はこれを断わった。そして東京駅に見送りに来た棋士達や後援者に向って、

「なに、大した事はない。堺の大天狗をやっ付けるのに手間ヒマはかからんよ」

と公言して憚《はばか》らなかった。

それは大言壮語というよりも、関根にはそれだけの自信があったのだ。が、附添い人を断わったのにはちょっと曰くがあって、関根は岐阜で途中下車すると、当時日本一の青楼と称せられた浅野屋で悠々と二、三日遊んでから下阪した。

一方三吉の方はというと、本人は勿論後援者達や家人の緊張ぶりは非常なもので、小春は日頃信仰する摩利支天に願をかけ、三吉の留めるのもきかず水ゴリを取るという必死さであった。

関根は梅田駅につくと直ぐ朝日新聞を訪ねて対局の打合せをした。関根としては前年の一番手直りはあれで打切りにして、これからは八段と七段と定法通り半香の四番手直りで指すつもりでいた。ところが新聞社の係の話では、三吉は飽く迄香落から始

めて一番手直りを主張しているとのことだった。

一番手直りなどということは全く非常識で、それでは冷静な勝負ではなく、決闘である。三吉がそこまで意地張っていることが分れば、関根も自然意地ずくにならざるをえなかった。

「わしの方はどっちでもよろしい。しかし何んじゃ、こちらが七段を認めようというのに、あまり意地張って角落にでもなると、本人よりも御ひいき筋が困ることになるがのう」

と関根は皮肉たっぷりに呟いた。

その対局は、三番とも住吉にある某実業家の別荘で行われたが、三吉の必死の意気込みは関根を圧倒した。最初の香落は関根が序盤に落手を指しどうにも回復が出来なくて其の儘押し切られた。

次の平手先番も、三吉は勢に乗じて押し切った。

最後は関根の先手番で、これに勝てば三吉の完勝で年来の宿望は一応達せられるわけであった。が、約束とは云え八段が七段に先を持たねばならぬ屈辱に奮起した関根の鋭鋒はさすがに鋭く、三吉は中押し将棋で敗れ去った。

それでも結局二対一の勝負勝。その結果は朝日新聞はじめ京阪神の各紙に大きく報道せられ、三吉の名はいやが上にも上った。

最後の対局を終った夜のことである。三吉は朝日新聞の慰労宴で関根と共に南地へ出かけた。

が、関根とちがい、妓《おんな》達の侍る宴席は苦手の三吉は、早目に切り上げて伶人町の我が家に戻って来た。

と、そこには坂田会の幹事達や出入の棋士達が多勢詰めかけていて、二階の広間ではすでに祝宴が始められ、小春と玉江がこれを取り持っていた。その春女学校を卒業した玉江は、母親似のきりっとした顔立ちで、よい娘になっていた。

人々は三吉を迎えると、あけてあった床の間の前に坐らせた。

「先に御馳走になってまんが。さあ皆さん、先生の勝利を祝うて乾杯といきまひょ」

坂田会の幹事の一人が音頭を取った。

「先生、お目出度うございます」

「先生、お目出度うはん」

皆は口々に云いながら乾杯した。

三吉は頭を下げながらちょっと盃に口をつけたが、すぐそれを下に置いた。

「こないに祝うてもろうて、有難うは思いまっけど、わてはねっから目出度うおまへんね」

「何んでだす？」

「香落と先手は勝ちましたけど、三番目の後手番を負けましたよってに、まだほんまに関根はんに勝ったと云えまへん。わては先手も後手も勝たんことには気が晴れまへんねや」

「えらいもんや！」

と、京都からやって来ていた家村が突拍子もない大きな声で叫んだ。家村はよほど酩酊しているらしい様子だった。

「先生の仰しゃる通りどす。関根はんばかりやない、ついでに土居はんもやっ付けて貰わんと困りますえ」

「そや、そや、土居はんもやっ付けてしまわんとあかんな」

とこれも酩酊しているらしい誰かが相槌を打った。

それというのが、前にも書いた通り、前年上京の際三吉は土居六段に対しては半香を二番とも負けているからであった。

「家村はん、あんたそない仰しゃるけど、わては土居はんはよう問題にしてまへん。わては関根はんさえ負かしたらええのだす」

　と三吉は云った。

「先生、そうはゆきません。名人になるには、皆を負かしとかんと具合《グッ》が悪おすのや」

「名人に？　わてがなるのだすか？」

「今更なに云うといやすのや。先生を名人にしようと思うてみんな一生懸命になってますのやがな。今朝の新聞にも、次の名人は坂田七段かと書いてありましたえ」

「へーえ、わては今迄そんなこと考えたことおまへん。そういうわけなら、今晩ゆっくり考えさせてもらいますよ」

　と三吉はとぼけたように云った。

　其の夜、皆も引き上げ、家人も寝静まってから三吉は茶の間の長火鉢をはさんで小春と向い合っていた。

「小春、お前どこぞ悪いのやないか。水ゴリしたのが障ったのとちがうか。若い時みたいに無茶したらあかんで。わいはお前がいなんだら迷い子になったようなもんやよってに、どうぞ体を大事にしとくれや」

「おおけに。大事にしまっせ」

と小春は茶をいれながら、はなをすすった。

「云うの忘れてましたけど、こないだ道頓堀で昔の御主人に十何年ぶりで逢いましてん。そしたら、小春はんはやっぱり眼のつけどころが違う、何処へ行っても坂田はんは日本一の将棋指しやという評判で、蔭ながら喜んでいると、えろう賞めてくれはってだした。ほんまにあの頃の事を思うと、今は極楽たら云うてええか、わてほど倖せもんはないと思うてまんね。そやけど、あんたがお気の毒で、お気の毒で――」

「何んでわいが、お気の毒や？」

「あんたが関根はんを負かしたいというのは男の意地で、こら理窟やおへん。そやよってに、わても自分の命を縮めても早う関根はんに勝たはるようにと祈ってまんねやけど、皆さんの仰しゃるように、名人にならんのやったら、あんたはもっともっと苦労せんなりまへんやろ。この上あんたが苦労しやはらんならんのかと思うて、わては悲しゅうてなりまへん。わてのほんまの気持云うと、あんたが関根はんに勝たはったら、その上偉うならんでも、親子水入らずで安気に暮しとおますのや」
「わいもそんな気がするのやけど、皆さんもあぁ云わはるし、どないしたらええのや
皆目自分に分らへん。それもこれも関根はんを負かしてからの話。そんな事よりもお
前の体を大事にすることがいっち肝腎や。体が温まるよってに葡萄酒でも飲んだらど
や」
三吉は立ち上ると、水屋の上の葡萄酒の瓶をおろした。そして夫婦湯呑のそれぞれ
に葡萄酒を注いだ。
「何や今夜は嬉しいのか悲しいのか分らん。けったいな晩や。久しぶりでわいの十八《おは》
番《こ》聞かせたろか」
三吉は葡萄酒を一口飲むと、壺坂霊験記のサワリを唸り始めた。それは小春と世帯
を持ってからの長い苦労時代に、嬉しいにつけ悲しいにつけ語って聞かせた三吉のた
った一つの隠し芸だった。
…………………
貧苦に迫れど何んのその
一たん殿御の沢市つぁん

たとえ火の中水の底
未来までも夫婦じゃと

……………


小春は葡萄酒を少し宛口《ずつ》に入れながら、涙ぐんで聞き惚れていた。

この時、寝巻の上に羽織を引っ掛けた玉江が姿を現わした。

「お父ったんもお母はんも、もう寝たと思ってたのに、葡萄酒のんでええ御機嫌だすな。わても一杯御馳走になりまひょ」

娘は其所へ坐り込んだ。

「わてはもうええはけ、あと飲んでしもうてや」

と小春は湯呑を娘に渡した。

「おおけに」

玉江はそれを旨そうに飲み干した。

「お父ったん、今日家村の小父さんが、わてにええお婿はんを世話して下さると云わはるのだっせ」

玉江はうきうきした調子でそう云って両親の顔を代る代る見た。

「そらええこっちゃ。家村はんならきっとええお婿はんを世話して下さるに違いない。そやけど、今どきの娘は違うな。昔の娘やったら、お婿はんの話などされたら紅い顔して、親の前などではよう云えなんだもんや、なあ小春」

「あほらし、誰かて一度はお嫁にいかんならへんもん」

「そやそや、それに違いない。お父ったんは旧弊や。それで玉江どない返事したんや」

と三吉は面白そうに訊いた。

「わて、お父ったんが名人にならはってからお嫁に行くと云いましてん。そしたら、皆さんがピシャピシャと手を叩かはりましたえ。お父ったん、ほんまに名人になってや。名人の娘やいうて、わて威張ってお嫁に行きたいのやはけ」

最後の決戦

小野名人の後釜に何んとかして坂田三吉を据えようとする空気は次第に濃厚になって、大阪朝日始め京阪神の有力者を以て組織する坂田会は、いよいよ本腰を入れることになった。

大正五年、三吉は後援者に勧められて再度の上京をしたが、上京早々柳沢保恵伯の斡旋によって、小野名人から関根と同格の八段を許された。もともと小野名人は関根が名人をさしおいて将棋界の実権を握っていることを快く思っていなかった関係もあって、三吉には好意を寄せていたようである。

当時八段は関根と井上義雄の外にはいなかっただけに、これは当然東都棋士の物議をかもした。が、三吉には有力な後楯がついているのと、床の間の置物くらいに考えていても、小野五平は唯一の名人として免状を許す権限があるので、表立って抗議をする者はなかった。

同段になれば、これ迄の香落から始めた一番勝負も自然解消で、三吉は関根に対して対等の勝負を申込むことが出来た。が、丁度その時は関根が親友の囲碁の名人本因坊秀哉と旅に出掛けていた最中で、対局はその帰りを待つほかなかった。止むをえず三吉は、東都一方の旗頭井上義雄八段に挑戦した。井上義雄は京都生れで、棋歴からは関根のやや先輩格に当り、当時も関根の率いる将棋同盟社に対抗して、将棋同志会を組織していた。同志会の副将は将棋界第一の政治家と云われた大崎熊雄八段で、その頃はまだ五段であった。

三吉は此の大先輩井上八段を平手で堂々と破って、八段の貫禄をハッキリ示した。勝負の世界では何んと云っても強いということが絶対である。それ迄三吉を白眼視していた東京の棋士の中からも、三吉の棋力の非凡さと、その風変りな人柄に引き付けられてゆく者が出来て来た。築地倶楽部での命がけの勝負の時に、力付けてくれた寺田浅次郎六段とはその後親交を結ぶようになったし、同志会の大崎五段とも、また関根の門人である金易二郎五段ともゆききするようになった。

素人の中にも大の坂田ファンがあった。

或る日、三吉は高浜作蔵を連れて、関根に勝った思い出の対局場所である新富町の小松将棋所へ出掛けた。ところがそこに、かねがね三吉の棋風人物に興味を持っていた本所の呉服屋の主人で「上総屋さん」と呼ばれる愛棋家がいて、一番教授に預りたいと申込んだ。気さくな三吉は直ぐにこれに応じて、丁寧な指導将棋を指した。上総屋は非常に喜んで三吉の帰りがけに金一封を高浜に手渡したが、宿に戻ってそれを開いて見ると、何んとその中に大枚五十円入れてあった。当時は専門家の対局料が二円から五円止りの時代であったから、金銭には無頓着な三吉もこれには眼を丸くして驚いた。三吉は翌日高浜を小松将棋所へやって上総屋の所を尋ねさせ、手土産を持って高浜共々本所に訪ねて行った。上総屋は大喜びで、山谷の八百善へ案内して御馳走をしてくれた上に、また五十円を包んで渡した。後で分った事だが、上総屋の主人は東京の棋士で世話にならない者はない旦那筋であった。それにしても三吉に対するような事は滅多にないことであった。

三吉は長い間関根の帰りを待ったが、どうした訳か関根の旅行はいつにない長旅で、しびれを切らした三吉は一旦大阪に引き上げることにした。が、越えて大正六年、三吉はどうでも今度こそは最後の決着をつけようと三度目の上京をした。

大正六年の三吉の上京は、その頃一流名士の倶楽部として知られていた日本倶楽部から招聘を受けたからであるが、三吉はその機会にどうでも関根との最後の対決をしようと決心した。で、上京の途中、京都や名古屋へ立寄って手ならしの対局をし、名古屋では中京第一の強豪と謳われていた高村六段を香落で破ったりして、前景気を付けて東京に乗込んだのであった。

その頃は三吉は東京でも大した人気で、新聞も時の人としてこれを取り上げ、人気の点では関根も遥かに及ばなくなっていた。

三吉は上京すると直ちに柳沢保恵伯を介して、関根に先後二番の勝負を申入れた。これは東都の棋界――ことに関根を盟主とする将棋同盟社で大問題になった。というのが、それは関根個人の問題ばかりでなく、東都将棋界の興亡にも影響するからであった。小野名人は明ければ九十歳で近来老衰甚だしく、余命はいくばくもないと思われたし、小野名人が歿する迄無疵で待てば次期名人は当然関根に廻って来る筈であった。関根が名人になってしまえばともかく東都将棋界は安泰であり、同盟社も幅を利かすことになるので、この際坂田三吉の挑戦は避ける方が得策だという論者が多かった。

が、関根は敵に挑まれて後ろを見せるような男ではなかった。宝珠花小僧の昔から四十年の長い年月、日本全国を股に掛けて勝負師としての腕と、男に磨きをかけつづけて来た人間であった。外見は至極温和そうに見えたが、前にも一寸書いたように常に匕首《あいくち》を肌身離さず持ち歩いたほど烈しいものをうちに蔵していた。

これは余談だが関根が匕首を持ち歩くようになったのには次のような訳がある。

関根が二十四歳で初めて東海道を下った時、清水港に立寄って次郎長を訪ね数日足を留めた。次郎長は当時七十を越えた老人であったが、関根は偶々《たまたま》次郎長が匕首を持っているのを発見した。それは槍の穂先をつくりかえた両刃の匕首で、一見して何人もの血を吸っているような気のする凄い代物であった。名成り功遂げた海道一の大親分が何故まだそんなものを持っているのかと、関根は不審に思ってその訳を訊いてみた。すると次郎長は「人間は死ぬ迄何処でどんな敵に出逢うか分ったもんじゃない。男のたしなみだよ」と笑いながら云った。

関根はこれを聞いて感心し、其の後自分も匕首を持って歩くようになり、それが役に立ったこともあったのだった。

余談のまた余談になるが、本伝の作者村松梢風が後年「正伝清水次郎長」を書いた時、梢風は次郎長の遺族から記念として、右の次郎長が肌身離さず持っていた槍の穂先の匕首を贈られた。梢風も自慢してそれを秘蔵していたが、彼こそは匕首は不要だったので二、三年経ってからそれを遺族に返却した。

それはともかく、関根は同盟社中の大半の反対を押し切って三吉の挑戦を承諾した。この対局の報が伝わると、東京各紙は筆を揃えて東西の争覇戦として宣伝した。

第一局は銀座裏三十間堀の大村家で催されたが、場所のよいせいもあって、この対局には日本倶楽部、交詢社、工業倶楽部の名士連が続々集り、それに新聞記者や棋士達が入り交って、まるでお祭騒ぎであった。

が、勝負そのものは案外あっけなかった。後手番の関根に中盤落手があって、これに乗じた三吉が妙手奇手を連発して圧倒してしまったからである。

「坂田は将棋の鬼だ」

観戦の名士達は舌を巻いて感嘆した。

関根は対局がすむと、皆に黙って大村家を出た儘、行方不明になってしまった。

大村家の勝負があった翌日、同盟社の二、三人が麹町平河町の関根の家を訪ねたが、関根は前日からまだ戻らぬという話であった。当時関根は妻に死に別れて、老婆を傭っての独身生活をしていたのだった。

それから一週間ほどしても関根の行方は杳《よう》として知れなかった。それで、関根のことだから負けたウサ晴らしに箱根から熱海へでも遠出しているのだろうということになったが、実は関根は麻布の法華寺に身を潜めていたのである。それを知っているのは宮松関三郎三段だけであったが、宮松は口の固い男で、白ッぽくれて皆と一緒に関根の留守宅へ出掛けたりしているのだった。

晩秋の午後、関根は寺の縁側に出て、苔むした庭先に散っている山茶花《さざんか》の花をボンヤリと眺めていた。

関根はふと、長い間の棋士生活を振り返って見た。

関根が今振り返って見て、自分の棋力が最も充実していたと思われたのは、何んと云っても三十前後だった。だから三十一歳の時小野五平が名人に就こうとした節も「貴下が天下無敵であるべき名人になろうとするなら、小生との争い将棋によってそのことを決せられたい」と血気に任せて果し状を送ったのであった。これは棋界の有力者芳川顕正伯爵などから「小野は七十になる老人だし、ここで譲っておけば四、五年のうちには必ず名人のお鉢が廻ってくるから」となだめられて、関根は争い将棋を思いとどまった。ところが、小野名人は四、五年どころか二十年以上経った今日でもまだ余命を保っているのだ。関根は四十を越えるまではまだ誰にも引けは取らぬ自信があったが、数年前から下り坂となって棋力の衰え始めて来たことを自分ながら認めないわけにはいかなかった。

関根は坂田のことを思い浮べた。坂田は一つだけ年下で、普通ならやはり下り坂にならねばならぬ筈であるのに、あの張り切り方、あの執拗さは、敵ながら天晴《あっぱ》れだと思わずにはいられなかった。

「坂田はやっぱり偉い奴だ」

と関根は思った。それも事実には相違ないが、一つは境遇にもよることで、関根は二十代で花を咲かせた将棋指しであるのに対して、坂田は三十五歳で初めて専門家を志した棋士だ。

庭木戸から宮松三段が入って来た。

「宮松君、同盟社の連中はどう云ってるかね？」

「やはり先生に指して貰っては困るという人が多いんです。先生がどうしても指すと仰しゃって、若し万一負けられた場合は、同盟社としては坂田さんに土つかずの土居七段を楯にして、次の名人をこちらで守ろうという強硬意見も出ているのです。これは大概外様の連中ですがね」

「ほほう、そしてわしを追い出そうという算段か、当世流じゃのう」

関根は微笑して答えたが．其の時直ぐ決心がついた。そして立ち上って奥の間へ姿を消したが、間もなく一通の手紙を持って現われた。

「宮松君、御苦労だが、これを伊皿子の柳沢邸に届けてくれたまえ」

「先生、これは対局の断わり手紙ですか」

「何を云う。今度は人を交えず坂田八段とゆっくり指そうというのじゃ。わしはな、宮松、名人になるよりも何よりも勝負師としての意地と仁義が大切だと思っているのじゃ」

関根先手番の第二局は、芝伊皿子にある柳沢保恵伯の屋敷で秘密裡に行われることになった。観戦者に邪魔されず、勝つも負けるも心ゆくばかりに指したい――というのが関根の希望であったし、これには三吉も異存はなかった。

柳沢伯は将棋の殿様で通っている愛棋家だけに、柳沢邸の応接間には将棋盤が数面ズラリと置いてあって、いつでも腰を掛けて指せるようになっていた。がその日の対局は無論その応接室ではなく、最も奥の二階座敷で、そこからは白帆の浮んだ品川の海が見晴らせた。

時々対局室に現われるのは、外人を思わせる白皙《はくせき》の偉丈夫保恵伯と、茶の持ち運びその他の係を仰せ付かった中学生服の少年だけであった。その少年こそ、関根の紹介で柳沢家の書生に住込んでいた木村義雄である。

対局は朝の九時過ぎから開始されたが、さすがに最後の決戦、夜に入ってやっと中盤戦に入るという慎重さであった。夜に入っても双方長考に長考を重ね、形勢は互角のままで終盤に突入した。こうなれば気力体力が勝負だ。が、三吉の気力体力がやや関根にまさっていたのであろう。関根が重大なところで自重の緩手をやったのが躓《つまず》きとなり、三吉はやっと優勢を獲得したのであった。

勝敗のついたのは、夜が次第に明け放れて、硝子《ガラス》障子を越えて品川の沖が仄々《ほのぼの》と見え始めた午前四時過ぎであった。

「とうとう坂田さんには敵わなくなったなア」

関根は精根尽き果てたように呟くと、お絞りを顔に当てた。

三吉は、暫《しば》し手拭を顔から離さないで関根を見ているうちに、何故かガッカリとして張り詰めた気力の抜けてゆくのを感じた。そして虚脱したような頭の中を、二十数年来の二人の様々な対局姿が、走馬燈のように駈けめぐった。と、今迄仇敵を附け狙っていた関根が、血の通い合った最も親しい人間だという気がして来た。三吉は不覚にも涙がこぼれそうになった。

そこへ一と寝入していた柳沢伯が、木村少年の知らせを受けてやって来た。

「お疲れだったでしょう。今木村から聞きましたが、近来の名局だったそうで」

「名局だかどうだか、力一パイ指しましたが、坂田さんの底力には敵いませんでしたよ。これで次の名人は坂田さんと決りましたな」

と、関根は悪びれずに微笑した。

これを耳にした途端、三吉は思わず「滅相な！」と、叫ぶように云った。

「わてがここ迄きられたのは関根はんのおかげだす。わてばかりやない、日本中の将棋指しはみな関根はんの御恩を受けてますのや。関根はんが遠からず名人にならはる時は、わてがイの一番に駈けつけてお祝いに来まっせ」

「えらい！」と柳沢伯は膝を叩いた。

「いや、お二人とも王将です。関根先生は東の王将、坂田先生は西の王将、どちらが名人になられても立派なものです。これからは今迄のことは水に流して、益々将棋界のために尽して貰いたいものです」

東と西の王将は、互いに顔見合せて、万感胸に迫る面持であった。が、二人の王将もまた柳沢伯も、座敷の隅から感激的な眸《ひとみ》を光らせてじッと此の様子を眺めている少年が、次の時代の最も輝やかしい王将になろうとは、少しも気が付かなかった。


（「讀賣新聞」一九五二年十一月二十五日～十二月三十一日連載）

聴雨／勝負師

織田作之助

聴雨

午後から少し風が出て来た。床の間の掛軸がコツンコツンと鳴る。襟首が急に寒い。雨戸を閉めに立つと、池の面がやや鳥肌立って、冬の雨であった。火鉢に火をいれさせて、左の手をその上にかざし、右の方は懐手のまま、すこし反り身になっていると、「火鉢にあたるような暢気な対局やおまへん」という詞をふと私は想い出し、にわかに坂田三吉のことがなつかしくなって来た。

昭和十二年の二月から三月に掛けて、読売新聞社の主催で、坂田対木村・花田の二つの対局が行われた。木村・花田は名実ともに当代の花形棋士、当時どちらも八段であった。坂田は公認段位は七段ではあったけれど、名人と自称していた。

全盛時代は名人関根金次郎をも指し負かすくらいの実力もあり、成績も挙げていたのである故、まず如何ように天下無敵を豪語しても構わないようなものの、けれど現に将棋家元の大橋宗家から名人位を授けられている関根という歴とした名人がありながら、もうひとり横合いから名人を名乗る者が出るというのは、まことに不都合な話である。おまけに当の坂田に某新聞社という背景があってみれば、ますます問題は簡単で済まない。当然坂田の名人自称問題は紛糾をきわめて、その挙句坂田は東京方棋士と絶縁し、やがて関東、関西を問わず、一切の対局から遠ざかってしまった。人にも会おうとしなかった。

彼の棋風は、「坂田将棋」という名称を生んだくらいの個性の強い、横紙破りのものであった。それを、ひとびとは遂に見ることが出来なくなった。かつて大崎八段と対局した時、いきなり角頭の歩を突くという奇想天外の手を指したことがある。果し合いの最中に草鞋の紐を結ぶような手である。負けるを承知にしても、なんと不《ふ》逞々《てぶて》しい男かと呆れるくらいの、大胆不敵な乱暴さであった。棋界は殆んど驚倒した。一事が万事、坂田の対局には大なり小なりこのような大向うを唸らせる奇手が現われた。その彼が急に永い沈黙を守ってしまったのである。功成り遂げてからというならまだしも、坂田将棋の真価を発揮するのはこれからという時であった。大衆はさびしがった。

けれど、坂田の沈黙によって、棋界がさびれた訳ではない。木村・金子たち新進が擡頭し、花田が寄せの花田の名にふさわしいあっと息を呑むような見事な終盤を見せだした。定跡の研究が進み、花田・金子たちは近代将棋という新しい将棋の型をほぼ完成した。そうして、棋界が漸く賑わったところへ、関根名人が名人位引退を宣言した。名人一代の制度が廃止されて、名人位獲得のリーグ戦が全八段によって開始された。大阪からは木見八段が参加した。神田八段も中途から加わった。が、ただひとり坂田は沈黙している。坂田の実力はやがて棋界の謎となってしまった。隆盛期の棋界に、そこだけがぽつんとあいた穴のような感じであった。

この穴を埋めることは、棋界に残された唯一の、と言わないまでも、かなり興味深い大きな問題である。自然大新聞社は殆んど一ッ残らず、坂田の対局を復活させようと、さまざまに交渉した。新聞社同志の虚々実々の駈引きは勿論である。けれど、坂田と東京方棋士乃至将棋大成会との間にわだかまる感情問題、面目問題はかなりに深刻である。大成会内部の意見を纏めるのさえ、容易ではなかった。おまけに肝腎の坂田自身がお話にならぬ難物であった。

たいていの新聞社はこの坂田の口説き落としだけで参ってしまったのだ。

「銀が泣いている」という人である。——ああ、悪い銀を打ちました、進むに進めず、引くに引かれず、ああ、ほんまにえらい所へ打たれてしもたと銀が泣いている。銀が坂田の心になって泣いているというのだ。坂田にとっては、駒の一つ一つが自分の心であった。そうして、将棋盤のほかには心の場所がないのだ。盤が人生のすべてであった。将棋のほかには何物もなく、何物も考えられない人であった。無学で、新聞も読めない、交際も出来ない。それ故、世間並の常識で向っても、駄目であった。対局の交渉を受けて、

「そんならひとつ盤に相談しときまひょ」という詞《ことば》は伊達ではない。それを聴いては、もうどんな道理を持って行っても空しかった。交渉に行った記者はかんかんになって引き下った。

　名人気質などという形容では生ぬるい。将棋のほかには常識も理論もない人、——というだけでも相当難物だが、しかもその将棋たるや、第一手に角頭の歩をつくという常識外れの、理論を無視したところが身上の人である。あれやこれやで、十六年間あらゆる新聞社が彼を引きだそうとして失敗したのも、無理はなかった。それを、読

売新聞社が十箇年間、春秋二回ずつ根気よく攻め続けて、到頭口説き落したのである。

十六年振りの対局というだけでも、はや催し物としての価値は十分である。おまけに相手は当代の花形棋士、木村・花田両八段である。この二人は現に続行中の名人位獲得戦で第一・二位の成績をおさめ、名人位は十中八九この二人の間で争われるだろうという情勢であった。もし、この二人が坂田に敗れるとすれば、折角争い獲った名人位も有名無実なものとなってしまうだろう。つまりは、坂田対両八段の対局は名人位の鼎《かなえ》の軽重を問うものであった。花田・木村としては負けるに負けられぬところであった。一方、坂田にしても、十六年間の沈黙を破って、いわゆる坂田将棋の真価をはじめて世に問う対局である。東京方への意地もあろう。一生一代の棋戦と言っても、あながちに主催新聞社の宣伝ばかりではなかった。

「十六年間、一切の対局から遠ざかってましたけど、その間一日として研究をせん日はおまへなんだ。ま、坂田の将棋を見とくなはれ」と戦前豪語した手前でも負けられぬ将棋である。六十八歳の老人とは思えぬこの強い詞は、無論勝つ自信をほのめかした詞であろう。が、ひとつにはそれは、木村・花田を選手とする近代将棋に対して、坂田がいかに奇想天外の将棋を見せるか、見とくなはれという意味も含んでいた。大衆はこの詞に唸った。

　ともかく、昭和の大棋戦であった。持時間からして各自三十時間ずつ、七日間で指し終るという物々しさである。名人位獲得戦でさえも、持時間は十三時間ずつ、二日で勝負をつけている。対局場も一番勝負二局のうち、最初の一局の対木村戦は、とくに京都南禅寺の書院がえらばれて、戦前下見をした坂田が、

「勿体ないこっちゃ、勿体ないこっちゃ、これも将棋を指すおかげだす」と言ったというくらい、総檜木作りの木の香も新しい立派な場所であった。

　けれども、私も京都に永らく居たゆえ知っているが、対局を開始した二月五日前後の京都の底冷えというものは、毎年まるで一年中の寒さがこの日に集まったかと思われるほどの厳さである。ことに南禅寺は東山の山懐ろで、琵琶湖の水面より土地が低い。なお坂田は六十八歳の老齢である。世話人が煖房に細心の気を使ったのはいうまでもなかろう。古来将棋の大手合には邪魔のはいり勝ちなものである。七日掛りの対局というからには、一層その懸念が多い。よしんば外部からの故障がなくとも、対局者の発病ということもある。対局場の寒さにうっかり風邪を引かれては、それまでだ。勿論、部屋の隅にはストーブが焚かれ、なお左右の両側には、火をかんかんおこした

火鉢が一個ずつ用意された。

それを、六十八歳の坂田は、

「火鉢にあたるような暢気な対局やおまへん」と言って、しりぞけたのである。このことを私は想い出したのだ。何故とくに想いだしたのだろうか。

木村には附添いはなかったが、坂田には玉江という令嬢が介添役として大阪から同行して来ていた。妻に死なれたあとずっとやもめ暮しの父の身の廻りのことを、一切やって来たというひとである。対局中の七日間、両棋士はずっと南禅寺に罐詰めという約束であった。ところが、坂田は老齢の上に、何かと他人に任せられぬ世話の掛る人である。人との応対は勿論、封じ手の文字を書くことさえ出来ない。食事も令嬢の手料理でなくてはかなわぬのだ。そこで、対局中玉江という令嬢が附きっ切りで、坂田の世話をすることになったのであるが、ひとつには坂田がこのひとを連れて来たのは、嫁ぎもせず自分の面倒を見て来てくれた娘に、自分の将棋を見せるためでもあった。

「お前もお父つぁんが苦しんでるのんを、傍から見てるのんは辛うてどんならんやろけど、言や言うもんの、わいにもわいの考えがあって、来て貰たんやぜ。わいはお前らの父親や言うもんの、何ひとつ残してやる財産いうもんがない。せめて、お父つぁんがどれだけ苦労して一生懸命に将棋指してるか、そこをよう見といてや。これがわいのたった一つの遺産やさかい……」

一手六時間というまるで乾いた雑巾から血を絞り出すような、父の苦しい長考を見て、到頭対局場に居たたまれず、隣りの部屋へ逃げ出した挙句、病気になってしまったという玉江に、坂田はこんな風に言った。けれど、本当は坂田は死んだ細君にその将棋を見せてやりたかったのではなかろうか。細君の代りにせめて娘にでもと思ったのではなかろうか。

それと言うのも、昔は現在と違って、棋士の生活は恵まれていない。ことに修業中は随分坂田は妻子に苦労を掛けた。明治三年堺市外舳松村の百姓の長男として生れ、十三歳より将棋に志し、明治三十九年には関根八段より五段を許されて漸く一人前の棋士になったが、それまでの永い歳月、いや、その頃でさえ、坂田には食うや呑まずの暮しが続いていたのである。自分は将棋さえ指して居れば、食う物がのうても、ま、極楽やけれど、細君や子供たちはそうはいかず、しょっちゅう泣き言を聞かされた。その都度《たんび》に、

「わいは将棋やめてしもたら、生きてる甲斐がない。将棋さすのんがそのくらい気に入らなんだら、出て行ったらええやろ。どうせ困るちゅうことは初めから判ってるこっちゃ。そやから、子供が一人の時、今のうちに出て行けと、あれほど言うたやないか」と言って叱りつけていたが、ある夜帰って見ると、誰もいない。家の中ががらんと洞のように、しーんとして真暗だ。おかしいなと思い、お櫃の蓋を取って見ると、中は空っぽだった。鍋の中を覗くと、水ばかりじゃぶじゃぶしている。急にはっといやな予感がした。暗がりの中で腑抜けたようになってぼんやり坐っていると、それからどのくらい時が経ったろうか、母子四人が乞食のような恰好でしょんぼり帰って来た。ああ、助かったと、ほっとして、

「どこィ行って来たんや、こんな遅まで……」と訊くと、

「死に場所探しに行て来ましてん。……」

高利貸には責めたてられるし、食う物はなし、亭主は相変らず将棋を指しに出歩いて、銭をこしらえようとはしないし、いっそ死んだ方がましやと思い、家を出てうろうろ死に場所を探していると、背中におぶっていた男の子が、お父っちゃん、お父っちゃんと父親を慕うて泣いたので、死に切れずに戻って来たと言う。

「…………」涙がこぼれて、ああ、有難いこっちゃ、血なりゃこそこんなむごい父親でも、お父っちゃんと呼んで想い出してくれたのかと、また涙がこぼれて、よっぽど将棋をやめようと思ったが、けれど坂田は出来なんだ。そんな亭主を持ち、細君は死ぬまで将棋を呪うて来たが、けれど十年前いよいよ息を引き取るという時「あんたは将棋がいのちやさかい、まかり間違うても阿呆な将棋は指しなはんなや」と言った。この詞にはげまされて十年、そしていま将棋指しとしての一生を賭けた将棋を指そうとして、坂田のたった一つの心残りは、わいもこんな将棋指しになったぜと細君に言ってきかせられないことではなかろうか。細君にその将棋を見て貰えないことではなかろうか。

して見れば、対木村の一戦は坂田にとっては棋士としての面目ばかりでなく、永年の妻子の苦労を懸けた将棋である。火鉢になぞ当っていられないのは、当然であったろう。――そう思えば、坂田のあの詞もにわかに重みが加わって、悲壮である。ところが対局がはじまって三日目には、もう彼はだらしなく火鉢をかかえこんでいる、これはなんとしたことであろうか。

観戦記者や相手の木村八段や令嬢が、老齢の坂田の身を案じて、無理に薦めたのか、それとも、強いことを言っていたけれど、さすがに底冷える寒さにたまりかねて、自分から火鉢がほしいと言いだしたのであろうか。「火鉢にあたるような暢気な対局やおまへん」と自分から強く言いだした詞を、うっかり忘れてしまうくらい耄碌《もうろく》していたのか。

あるいはまた、火鉢にもあたるまいというのは、かえって勝負にこだわり過ぎているのではないかと、思い直したのかも知れない。かねがね坂田はよく「栓ぬき瓢簞《ひょうたん》」のような気持で指さんとあかんと言っている。

ある時、上京するために大阪駅のプラットホームまで来ると、雑閙《ざっとう》のなかに一人の妙な男が立っていた。乗り降りの客が忙しく動いている中に、ひとり懐手をしてぽかんと突っ立っているのだ。汽笛が鳴り、汽車が動きだしても、素知らぬ顔で、気抜けしたようにぱくんと口をあけて、栓ぬき瓢簞みたいな恰好で空を見上げたまま、プラットホームにひとり残されている。なんや、けったいな奴じゃな、あいつ阿呆かいなとその時は思ったが、あとで自分の将棋が悪くなり、気持が焦りだすと、不思議にその男の姿を想い出すのだ。ぽかんと栓ぬき瓢簞のような恰好で突っ立っている姿、丁度ゴム鞠の空気を抜いたふわりとした気持、何物にもとらわれぬ、何物にもさからわぬ態度、これを想い出すのである。余り眼前の勝負に焦りすぎてかんかんになり、余裕を失ってしもうては到底よい将棋は指せないぞ、栓ぬき瓢箪の気持で指さなあかんと、思うと不思議に気持が落着く——というのである。

　つまりは、火鉢のことにこだわった時は、丁度、眼前の勝負にかんかんになり過ぎて、気持が焦りに浮き立っていた。そこに気がついて、これではいけないと、火鉢を要求したのではなかろうか。

　けれど、こんな臆測はすべて私の思い過しだろう。観戦記録を見ると、対局開始の二月五日という日は、下見をした前日と打ってかわって、京にめずらしいポカポカと暖かい日であったという。それを読んで、私は簡単にすかされてしまった。その人の弱みにつけこんで言えば、暖かいから火鉢を敬遠したまでのこと、それを「火鉢にあたるような……」云々と悲壮めかすのは芝居が過ぎる。あるいは、坂田自身が自分の気持に欺かれていたのだろうか。けれども私はこういうところに、かえって坂田の好ましさを感ずる。寒くなったら、あわてて前に言った詞を取り消して火鉢をほしがったのだろうと断定を下し、しかも私はそこにこの人の正直さをじかに感じようと思うのである。

それはともかく、坂田が火鉢を要求した時には、はや栓ぬき瓢箪の気持を想い出す必要が来ていたことは、事実である。その時にはつまり対局開始後三日目にはもう坂田の旗色は随分わるかったのだ。対局が済んでから令嬢は観戦記者に、「父は四日頃から、私の方が悪い言うて、諦めさせました」と語ったというが、四日目とは坂田が一日言いそびれていただけのこと、実は三日目からもういけなかったことは、坂田自身でも判っていたのではなかろうか。が、敢て三日目といわなくとも、勝負ははや戦う前についていたのかも知れない。もっとも、こういうのは何も「勝敗は指さぬうちから決ってます」という彼の日頃の持論をとりあげて言うのではない。いうならば、坂田は戦前「坂田の将棋を見とくなはれ」と言った瞬間に、もう負けてしまったのではなかろうか。

対局は二月五日午前十時五分、木村八段の先手で開始された。

木村は十八分考えて、七六歩と角道をあけた。まず定跡どおりの何の奇もない無難な手である。二六歩と飛車先の歩を突き出すか、七六歩のこの手かどちらかである。それを十八分も考えたのは、気持を落ちつけるためであろう。

駒から手を離すと、木村はじろりと上眼づかいに相手の顔を見た。底光る不気味な眼つきである。その若さに似ずはやこちらを呑みこんで掛って来たかのような、自信たっぷりのその眼つきを、ぴしゃりと感ずると坂田は急にむずむずして来た。七六歩を受けて三四歩とこちらも角道をあけたり、八四歩と飛車先の歩を突き出したりするような、平凡の手はもう指せるものかという気がした。この坂田がどんな奇手を指すか見ておれ、あっというような奇想天外の手を指してやるんだと、まるで通り魔に憑かれて、坂田はふと眼を窓外にそらした。南天の実が庭に赤い。山清水が引かれていて、水仙の一株が白い根を洗われ、そこへ冬の落日が射している。

十二分経った。坂田の眼は再び盤の上に戻った。そうして、太短い首の上にのった北斎描く孫悟空のような特徴のある頭を心もちうしろへ外らせながら、右の手をすっと盤の右の端の方へ伸ばした。

その手の位置を見て、木村は、飛車先の歩を平凡に八四歩と突いて来るのだなと、瞬間思った。が、坂田の手はもう一筋右に寄り、九三の端の歩に掛った。そうして、音もなくすーっと九四歩と突き進めて、じっと盤の上を見つめていた。駒のすれる音もせぬしずかな指し方であった。十六年振りに指す一生一代の将棋の第一手とは思えぬしずけさだった。

普段から坂田は、駒を動かすのに音を立てない人である。「ぴしり、ぴしりと音を立てて、駒を敲《たた》きつける人がおますけど、あらかないまへん。音を立てるちゅうのは、その人の将棋がまだ本物になってん証拠だす。ほんとうの将棋いうもんは、指してる人間の精神が、駒の中へさして入り切ってしもて、自分いうもんが魂の脱け殻みたいに、空気を抜いたゴム鞠みたいに、フワフワして力もなんにもない言う風になってしもた将棋だす。音がするのんは、まだ自分が残ってる証拠だす。……蓮根をぽきんと二つに折ると、蜘蛛の糸よりまだ細い糸が出まっしゃろ。その細い糸の上に人間が立ってるちゅうような将棋にならんとあきまへん。力がみな身体から抜け出して駒に吸いこまれてしまうちゅうと、細い糸の上にも立てます——そういう将棋でないとほんとうの将棋とは言えまへん。そういう将棋になりますちゅうと、もう打つ駒に音が出て来る筈がおまへん」

ある時、坂田はこう語った。それ故、彼は駒の音を立てるようなことは決してしない。

九四歩もまたフワリと音もなく突かれた手であった。いわば無言の手である。けれど、この一手は「坂田の将棋を見とくなはれ」という声を放って、暴れまわり、のた打ちまわっているような手であった。前人未踏の、奇想天外の手であった。

木村はあっと思った。なるほど変った手で来るだろうとは予想していた。が、まさか第一着手にこんな未だかつて将棋史上現われたことのない手を指して来るとは、思いも掛けなかった。

「坂田さんの最初の一手九四歩は、私の全然予想せざる着手で、奇異な感に打たれた」と、木村はあとで感想を述べているが、恐らくその通りであったろう。

木村がその通りだから、大衆の驚き方は大変なものだった。かつて大崎八段との対局で、坂田が角頭の歩を突いた時の興奮が案の定再燃したのである。新聞の観戦記は、この九四歩の一手を得ただけでも、この度の対局の価値は十分であると言って、この一手の説明だけで一日分を費していたが、その記事を読んだ時のことを、私は忘れ得ない。

いまもあるだろうと思うが、その頃私は千日前の大阪劇場の地下室にある薄汚い将棋倶楽部へ、浮かぬ表情で通っていた。地下室特有の重く澱んだ空気が、煙草のけむりと、ピンポン場や遊戯場からあがる砂ほこりに濁って、私はそこへ降りて行くコンクリートの坂の途中で、はやコンコンといやな咳をしなければならなかったが、その頃私の心をすこしでも慰める場所は、その将棋倶楽部のほかにはなかった。

察しのつく通り、私は病身で、孤独だった。去年の夏、私はある高架電車の中から、沿線のみすぼらしいアパートの狭苦しく薄汚れた部屋の窓を明けはなして、鈍い電燈の光を浴びながら影絵のように蠢いているひとびとの寝姿を見て、いきなり胸をつかれてかつての自分のアパート生活を想い出したことがあるが、ほんとうにその頃の私の生活は、耳かきですくうほどの希望も感動もない、全く青春に背中を向けたものであった。おまけに、その背中を悔恨と焦燥の火に、ちょろちょろ焼かれていたのである。

そうした私を僅かに慰めてくれたのはその地下室の将棋倶楽部で、料金は一時間五銭、盤も駒も手垢と脂で黝《くろず》んでいて、落ちぶれた相場師だとか、歩きくたびれた外交員だとか、私のような青春を失った病人だとか、そういう連中が集まるのにふさわしかった。私はその中にまじって、こわれ掛った椅子にもたれて、アスピリンで微熱を下げながら、自分の運命のように窮地に陥ちた王将が、命からがら逃げ出すのを、しょんぼり悲しんでいたのだった。冬で、手足がちりちり痛み、水洟をすすりあげていると、いやな熱が赤く来て、私はもうぐったりとして、駒を投げ出す、――そんなある日、私はその観戦記を読んだのである。

その地下室を出た足でふと立ち寄った喫茶店へ備えつけてあった新聞を、何気なく手に取って見ると、それが出ていたのである。丁度観戦記の第一回目で、木村の七六歩、坂田の九四歩の二手だけが紹介されてあった。先手の角道があいて、後手の端の歩が一つ突き進められているだけという奇妙な図面を、私はまるで舐めんばかりにして眺め「雌伏十六年、忍苦の涙は九四歩の白金光を放つ」という見出しの文句を、誇張した言い方だとも思わなかった。私は眼がぱっと明るくなったような気がして、「坂田はやったぞ。坂田はやったぞ」と声に出して呟き、初めて感動というものを知ったのである。私は九四歩つきという一手のもつ青春に、むしろ恍惚としてしまったのだ。

私のこの時の幸福感は、かつて暗澹たる孤独感を味わったことのない人には恐らく分るまい。私はその夜一晩中、この九四歩の一手と二人でいた。もう私は孤独でなかった。私の将棋の素人であることが、かえって良かった。木村はこの九四歩にどう答えるだろうか、九六歩と同じく端の歩を突いて受けるか。それとも一六歩と別の端の歩を突くだろうかなどと、しきりに想像をめぐらし、翌日の新聞を待ち焦れた。六十八歳の老齢で、九四歩などという天馬の如き潑剌とした若々しい奇手を生み出す坂田の青春に、私はぴしゃりと鞭打たれたような気がし、坂田のこの態度を自分の未来に擬したく思いながら、その新聞を見ることが、日日の愉みとなったのである。けれど、私にとっては何日間かの幸福であったこの手は、坂田にとって幸福な手であろうか。

素人考えでいえば、局面にもあるだろうが、まず端の歩を突く時は相手に手抜きをされる惧れがある。いわば、手損になり易いのだ。してみれば、後手の坂田は中盤なら知らず、まずはじめに九四歩と端を突いたことによって、そして案の定相手の木村に手抜きをされたことによって二手損をしているわけである。けれど、存外これが坂田の思いであったのかも知れない。はじめにぼんやり力を抜いて置いて、敵に無理攻めさせて、その隙に反撃を加えるという覘《うかが》いであったかも知れない。最初の一手で、はや自分の将棋を栓ぬき瓢箪のようなぼんやりしたものにして置こうとしたとも考えられる。「敵に指させて勝つ」という理論を、彼一流の流儀で応用したのだと言えないこともない。

けれど、結果はやはり二手損が災いして、坂田は木村に圧倒的に攻められて、攻撃に出る隙もなく完敗してしまったのだ。攻撃の速度を重要視している近代将棋に、二手損をもって向ったのは、さすがに無暴だったのだ。無理論の坂田将棋は無理論に頼り過ぎて、近代将棋の理論の前に敗れてしまったのである。

木村は「奇異な感に打たれた」という感想に続いて、

「――が、それと同時に、九四歩を見てからの私は、自分でも不思議な位に、グッと気持が落着いて、五六歩と突く時は相当な自信を得ていた。そして五五歩の位勝からは、これが攻撃的に必ず威力を発揮し得るもの、と確信づけられた」と言っている。

五六歩は七六歩、九四歩に次ぐ第三手目である。五五歩は五手目。つまりは木村は三手指した時に、はや勝ったと確信したのである。いや、九四歩を見た途端に、そう思ったのであろう。

そうしてみれば、坂田は九四歩を突いた途端に、もう負けていたのである。一手六時間という長考を要するような苦しい将棋をつくりあげた原因は、この九四歩にあったのだ。しかも、彼はこの手に十二分しか時間を費していない。予定の行動だったのだ。戦前「坂田の将棋を見とくなはれ」と大見得切った時に、はや彼はこの手を考えていたのではなかろうか。

「滝に打たれる者は涼しいばかりやおまへん。当人にしてみましたらなかなか辛抱がいります」対局場での食事の時間に、ふと彼は呟いたという。はや苦戦を自覚していたのであろう。九四歩のような奇手をもって戦うのは、なるほど棋士の本懐にはちがいないだろうが、それだけに滝に打たれる苦痛も味わわねばならなかったのだ。けれど、それも自業自得だった、と言っては言い過ぎだろうか。変った手を指してあっと言わせてやろうという心に押し出されて、自ら滝壺の中へ飛び込んでしまったのではなかろうか。

変った将棋は坂田にとってはもう殆ど宿命的なものだった。将棋に熱中した余り、学校で習った字は全部忘れて、一生無学文盲で通して来た。駒の字が読めるほかには、――ある時上京して市電に乗ろうとしたが、電車の字が読めぬ、弱っているうちにやっと品川行という字だけが、品川の川という字が坂田三吉の三を横にした形だったおかげでそれと判って、助かった――という程度である。それ故古今の棋譜を読んでそれに学ぶということが出来ない。おまけに師匠というものがなかったので、自分ひとりの頭を絞った将棋を考えだすより仕様がなかったのだ。自然、自分の才能、個性だけを頼りにし、その独自の道を一筋に貫いて、船の舳をもってぐるりとひっくり返すような我流の将棋をつくるようになった。無学、無師匠の上に、個性が強すぎたのだ。

ひとつには、泉州の人らしい茶目気もあったろう。が、それ故に、坂田将棋は一時覇を唱え、また人気も出た。自信も湧いて来た。角頭の歩を突いたり、名人を自称したり、いわば横紙を破る強気も生じたのだ。が、この強気の故に彼は永い間沈黙を守らねばならぬ破目になった。そうして、三年間というもの、彼は人にも会わず外出もせず駒を手にせず、ひたすら自分の心を見つめて来た。何を考え、何を発見したか、無論私には判らない。が、しかし「その時の坐蒲団がいまだにへっこんでいます」というくらいの沈思黙考の間に、彼が栓ぬき瓢箪の将棋観をいよいよ深めたであろうことは、私にも想像される。我の強気を去らなくては良い将棋は指せないという持論をますます強くしたのではなかろうか。そうして、その現われが、攻め勝とうとする速度を急ぐ近代将棋に反抗する九四歩だったのではなかろうか。つまりは、九四歩は我を去ろうとする手であったのではなかろうか。けれど、一面これくらい坂田の我を示す手はないのだ。坂田は依然として坂田であった。彼は九四歩の手損を無論知っていたに違いない。が、平手将棋は先後いずれも駒が互角だから、最初の一手をどう指そうと、隙のないようには組めるものだ、最初の一手ぐらいで躓くような坂田の将棋ではない、無理な手を指しても融通無碍に軽くさばくのが坂田将棋の本領だという自信の方が強かったのだ。この自信があったから、彼は十六年振りに立ったのである。そうして、彼は生涯の最も大事な将棋に最も乱暴な手を指したのである。

これはもう魔がさしたというようなものではなかったのだ。坂田という人にとっては、もうこれほど自然な手はなかったのである。自分の芸境を一途に貫いたまでの話である。なんの不思議もない。けれど、その時彼がかつて大衆の人気を博したいわゆる坂田将棋の亡霊に憑かれていたことは確かであろう。おまけに、なんといっても六十八歳である。そうまで人気を顧慮しなくてもと思われる。なにか老化粧の痛ましさが見えるのである。

大衆は勿論喝采した。が、いよいよ負けたと判ると、なんだいという顔をした。「あんな莫迦な手を指す奴があるか」と薄情な唇で囁いた。専門の棋士の中にもそういうことをいう者があった。

対局の終ったのは、七日目の紀元節であった。前日からの南禅寺の杉木立に雨の煙っている朝の九時五分にはじめて、午に一旦休憩し、無口な昼食のあと午後一時から再開して、一時七分にはもう坂田は駒を投げた。雨はやんでいなかった。

対局者は打ち揃って南禅寺の本堂に詣り、それから宝物を拝観した。坂田は、

「おおきに御苦労はんでございます」と、びっくりするほど丁寧なお辞儀をして歩いた。五十五年間、勝負師として生きて来た鋭さがどこにあろうかと思われるくらいの丁寧なお辞儀であった。

書院で法務部長から茶菓を饗された時も、頭を畳につけて、

「おおけに御馳走《ごっと》はんでした」と言った。特徴のある太短い首が急にげっそりと肉を落して、七日間の労苦がもぎとって行ったようだった。

迎えの自動車に乗ろうとする時、うしろからさした傘のしずくがその首に落ちた。令嬢の玉江はそれを見て、にわかに胸が熱くなった。冬の雨に煙る京の町の青いほのくらさが車窓にくもり、玉江は傍のクッションに埋めた父の身体の中で、がらがらと自信が崩れて行く音をきく想いがした。

坂田は不景気な顔で何やらぽそぽそ呟いていたが、自動車《くるま》が急にカーヴした拍子に、

「あ、そや、そや。……」と叫んだ。

「えッ、何だす？」玉江は俄かに生々として来た父の顔を見た。

「この次の花田はんとの将棋には、こんどは左の端の歩を突いたろと、いま想いついたんや」と、坂田は言おうとしたが、何故か黙ってしまった。そうして、その想いつ

きのしびれるような幸福感に暫らく揺られていた。木村との将棋で、右の端の歩を九四歩と突いたのが一番の敗因だったとは思わなかったのである。そうしてまた花田との将棋でそれと同じ意味の左端の歩を突くことが再び自分の敗因になるだろうとは、夢にも思わなかったのである。

雨は急にはげしくなって来た。坂田は何やらブツブツ呟きながら、その雨の音を聴いていた。

（「新潮」一九四三年八月号）

勝負師

池の向うの森の暗さを一瞬ぱっと明るく覗かせて、終電車が行ってしまうと、池の面を伝って来る微風がにわかにひんやりとして肌寒い。宵に脱ぎ捨てた浴衣をまた着て、机の前に坐り直した拍子に部屋のなかへ迷い込んで来た虫を、夏の虫かと思って団扇ではたくと、チリチリとあわれな鳴き声のまま息絶えて、秋の虫であった。遠くの家で赤ん坊が泣きだした、なかなか泣きやまない。その家の人びとは宵の寝苦しい暑さをそのままぐったりと夢に結んでいるのだろうか、けれども暦を数えれば、坂田三吉のことを書いた私の小説がある文芸雑誌の八月号に載ってからちょうど一月が経とうとして、秋のけはいは早やこんなに濃く夜更けの色に染まって揺れているではないか。そう思ってその泣き声を聴いていると、また坂田三吉のことが強く想い出されて、

「どういうもんか、私は子供の泣き声いうもんがほん好きだしてな、あの火がついたみたいに声張りあげてせんど泣いてる子供の泣き声には、格別子供が好き嫌いやいうわけやおまへんが、心が惹かれてなりまへん」という坂田の詞もふと想いだされた。

子供の泣き声を聴いていると、自然に心が浄まり、なぜか良い気持になって来るというのである。が、なぜ良い気持になるのか、それは口ではいえないし、またわかってもいないという。坂田自身にわからぬくらいゆえ、無論私にもわからない。けれど、私はただわけもなしに子供の泣き声に惹きつけられるというこの詞から、坂田の運命の痛ましさが聴えて来るようにふと思うのである。親子五人食うや呑まずの苦しい暮しが続いた恵まれぬ将棋指しとしての荒い修業時代、暮しの苦しさにたまりかねた細

君が、阿呆のように将棋一筋の道にしがみついて米一合の銭も稼ごうとせぬ亭主の坂田に、愛想をつかし、三人のひもじい子供を連れて家出をし、うろうろ死に場所を探してさまようたが、背中におぶっていた男の子がお父っちゃん、お父っちゃんと父親を慕うて泣いたので、死に切れずに戻って来たという話を、私が想いだすからであろうか。その時の火のついたような子供の泣き声が坂田自身の耳の底にジリジリと熱く燃え残っている筈だと、思うからであろうか。ああ、有難いこっちゃ、血なりゃこそこんなむごい父親でもお父っちゃんと呼んで想いだしてくれたのかと、さすがに泣けて、よっぽど将棋をやめて地道な働きを考え、せめて米一合の持駒でもつくろうとその時思ったが、けれど出来ずにやはり将棋一筋の道を香車のように貫いて来た、その修業の苦しさが子供の泣き声を聴くたびピシャリと坂田の心を打つのではなかろうか。火のつくようにまじり気のない浄い純粋な泣き声は、まるで修業のはげしさに燃えていると聴えるのであろう。そしてそれはまた坂田の人生の苦しさであろう。してみれば、子供の泣き声に惹かれるという坂田の詞のうらには、坂田の人生の苦渋が読み取れる筈だと言ってもよかろう。しかも坂田がこの詞を観戦記者に語ったのは、そのような永年の妻子の苦労や坂田自身の棋士としての運命を懸けた一生一代の対局の最中であった。一生苦労しつづけて死んだ細君の代りに、せめてもに娘にこれが父親の自分が遺すことの出来る唯一の遺産だといって見せた真剣な対局であった。なににも代えがたい大事の一局であった。その対局に坂田は敗れたのだ。相手の木村八段にまるで赤子の手をねじるようにあっけなく攻め倒されてしまったのである。敗将語らずと言うが、その敗将が語ったのがこの語であった。無学文盲で将棋のほかには全くの阿呆かと思われる坂田が、ボソボソと不景気な声で子供の泣き声が好きだという変梃《へんてこ》な芸談を語ったのである。なにか痛ましい気持がするではないか。悲劇の人をここに見るような気すらする。

その坂田のことを、私はある文芸雑誌の八月号に書いたのだ。その雑誌が市場に出てからちょうど一月が経とうとしているが、この一月私はなにか坂田に対して済まぬことをした想いに胸がふさがってならなかった。故人となってしまった人というならまだしも、七十五歳の高齢とはいえ今なお安らかな余生を送っている人を、その人と一面識もない私が六年前の古い新聞の観戦記事の切り抜きをたよりに何の断りなしに勝手な想像を加えて書いたというだけでも失礼であろう。しかも私はその人の古傷にさわることを敢て憚らなかったのである。それどころか、その人の弱みにつけ込んだような感想をほしいままにした個所も多い。合駒を持たぬ相手にピンピンと王手王手を掛けるようなこともした。いたわる積りがかえってその人の弱みをさらけ出した結果ともなってしまったのだ。その人は字は読めぬ人だ、よしんば読めても文芸雑誌など手にすることもあるまいなどというのは慰めにも弁解にもならない。実に済まぬことをした想いが執拗に迫り、と金の火の粉のように降り掛るのであった。しかも、悲劇の人だ。いや、坂田を悲劇の人ときめてかかるのさえ無礼であろう。不遜であろう。

この一月私の心は重かった。

それにもかかわらず、今また坂田のことを書こうとするのは、なんとしたことか。けれども、ありていに言えば、その小説で描いた坂田は私であったのだ。坂田をいたわろうとする筆がかえってこれでもかこれでもかと坂田を苛めぬく結果となってしまったというのも、実は自虐の意地悪さであった。私は坂田の中に私を見ていたのである。もっとも坂田の修業振りや私生活が私のそれに似ているというのではない。いうならば所謂坂田の将棋の性格、たとえば一生一代の負けられぬ大事な将棋の第一手に、九四歩突きなどという奇想天外の、前代未聞の、横紙破りの、個性の強い、乱暴な手を指すという天馬の如き溌剌とした、いやむしろ滅茶苦茶といってもよいくらいの坂田の態度を、その頃全く青春に背中を向けて心身共に病み疲れていた私は自分の未来に擬したく思ったのである。九四歩突きという一手のもつ青春は、私がそうありたいと思う青春だったのだ。しかもこの一手は、我の強気を去らなくては良い将棋は指せないという坂田一流の将棋観にもとづいたものでありながら、一方これくらい坂田の我を示す手はないのである。いわば坂田の将棋を見てくれという自信を凝り固めた頑固なまでに我の強い手であったのだ。大阪の人らしい茶目気や芝居気も現れている。近代将棋の合理的な理論よりも我流の融通無碍を信じ、それに頼り、それに憑かれるより外に自分を生かす道を知らなかった人の業《ごう》のあらわれである。自己の才能の可能性を無限大に信じた人の自信の声を放っての、た打ちまわっているような手であった。この自信に私は打たれて、坂田にあやかりたいと思ったのだ。いや私は坂田の中に私の可能性を見たのである。本当いえば、私は佐々木小次郎の自信に憧れていたのかも知れない。けれども佐々木小次郎の自信は何か気負っていたらしい。それに比べて坂田の自信の方はどこか彼の将棋のようにぼんやりした含みがある。坂田の言葉をかりていえば、栓ぬき瓢箪のようにぽかんと気を抜いた余裕がある。大阪の性格であろう。やはり私は坂田の方を選んだ。つまりは私が坂田を書いたのは、私を書いたことになるのだ。してみれば、私は自分を高きに置いて、坂田を操ったのではない。私は坂田と共に躍ったのだ。それがせめてもの言い訳けになってくれるだろうか。

ともかく、私は坂田の青春や自信にぴしゃりと鞭を打たれたのである。昭和十二年の二月のことである。ところが、坂田はその自信がわざわいして、いいかえれば九四歩突きの一手が致命傷となって、あっけなく相手の木村八段に破れてしまった。坂田の将棋を見てくれという戦前の豪語も棋界をあっと驚かせた問題の九四歩突きも、脆い負け方をしてみれば、結局は子供だましになってしまった。坂田の棋士としての運命もこの時尽きてしまったかと思われた。私は坂田の胸中を想って暗然とした。同時に私はひそかにわが師とすがった坂田の自信がこんなに脆いものであったかと、だまされた想いにうろたえた。まるでもぬけの殻を摑まされたような気がし、私の青春もその対局の観戦記事が連載されていた一月限りのものであったかと、がっかりした。

ところが、南禅寺でのその対局をすませていったん大阪へ引きあげた坂田は、それから一月余りのち、再び京都へ出て来て、昭和の大棋戦と喧伝された対木村、花田の二局のうち、残る一局の対花田戦の対局を天龍寺の大書院で開始した。私は坂田はもう出て来まいと思っていた。対木村戦であれほど近代棋戦の威力を見せつけられて、施す術もないくらい完敗して、すっかり自信をなくしてしまっている筈ゆえ、更に近代将棋の産みの親である花田に挑戦するような愚に出まいと思っていたのである。ところが、無暴にも坂田は出て来た。その自信はすっかり失われていたわけではなかったのである。いや、それどころか、坂田は花田八段の第一手七六歩を受けた第一着手に、再び端の歩を一四歩と突いたのである。さきには右の端を九四歩と突き、こんどは左の端を一四歩と突く。九四歩は最初に蛸を食った度胸である。一四歩はその蛸の毒を知りつつ敢て再び食った度胸である。無論、後者の方が多くの自信を要する。なんという底ぬけの自信かと、私は驚いた。

けれども、その一四歩がさきの九四歩同様再び坂田の敗因となってみると、もう坂田の自信も宿命的な灰色にうらぶれてしまった。人びとは「こんど指す時は真中の歩を突くだろう」と嘲笑的な蔭口をきいた。坂田の棋力は初段ぐらいだろうなどと乱暴な悪口も囁かれた。けれども、相手の花田八段はさすがにそんな悪口をたしなめて、自身勝ちながら坂田の棋力を高く評価した。また、一四歩突きについても、木村八段のように「その手を見た途端に自分の気持が落ち着いた」などと、暗に勝つ自信をほのめかした感想は言わず、「坂田さんの一四歩は仕掛けさせて勝つ。こうした将棋の根本を狙った氏の独創的作戦であったのです」といたわりの言葉をもってかばっている。

花田八段の人物がしのばれるのである。

花田八段はその対局中しばしば対局場を間違えたということである。天龍寺の玄関を上って左へ折れすぐまた右へ折れたところに対局場にあてられた大書院があったのだが、花田八段は背中を猫背にまるめて自分の足許を見つめながら、ずんずんと廊下の端まで直っすぐに行ってしまい、折れるのを忘れてしまうのである。「花田さん、そっちは本堂ですよ」と世話役の人に注意されると、「はッ」と言いながら、こんどは間違って便所の方へ行ってしまうという放心振りがめずらしくなく、飄々《ひょうひょう》とした脱俗のその風格から、どうしてあの「寄せの花田」の鋭い攻めが出るのかと思われるくらいである。相手の坂田もそれに輪をかけた脱俗振りで、対局中むつかしい局面になると、

「さあ、おもろなって来た。花田はん、ここはむつかしいとこだっせ。あんたも間違えんようしっかり考えなはれや」と相手をいたわるような春風駘蕩の口を利いたりした。

けれども、対局場の隣の部屋で聴いていると、両人の「ハア」「ハア」というはげ

しい息づかいが、まるで真剣勝負のそれのような凄さを時に伝えて来て、天龍寺の僧侶たちはあっと息をのんだという。それは二人の勝負師が無我の境地のままに血みどろになっている瞬間であった。

坂田の耳に火のついたような赤ん坊の泣き声がどこからか聴えて来る瞬間であった。そして坂田はその声を聴きながら、再び負けてしまったのである。

（「若草」一九四三年十月号）

阪田三吉覚え書

藤沢桓夫

伝説の人

阪田三吉については、あまりに多くの逸話や奇行が、あるいは正しく、あるいは誤って伝えられている。

例えば、こんな風にだ。

無論戦前のこと、大阪の市電の乗車賃が五銭だった頃のことというのだから、恐らく大正の終りか昭和の初め頃のことだろうが、ある日三吉が市電に乗っていて、何か将棋のことでも考えて夢中になっていたのだろうが、いざ自分の降りる停留所へ来た。すると、もともと慌て者の方だった彼は、財布から一枚の百円紙幣をつかみ出すと、それを車掌に手渡して、剰銭《つりせん》ももとめず、そのままさっと降りて行こうとしたので、車掌がびっくり仰天して、

「あんた、あんた。」

と、急いで呼びとめたというのである。

三吉にありそうな話だが、しかし、百円紙幣というのは、大袈裟すぎて、この金額については誤り伝えられている感じである。なぜなら、当時の百円紙幣は、現在の数万円にも相当し、殆どの市民はお目に掛ったことのないような珍しい代物であったからだ。たとえそれが三吉の朝日新聞社をバックにしていた全盛期の話であるにしても、実際には多分十円紙幣か一円紙幣だったのが、いつの間にか伝説的に百円紙幣に飛躍してしまったのだろうと想像されるのである。

が、いずれにしても、阪田三吉が、第三者から「けったいなやつや」と呆れられるような、一風変った、万事に一人わが道を行く型の人物であったことは、この逸話からも充分に受け取れる筈である。

将棋指しとしての三吉の生い立ちについても、詳しいことは殆ど判っていない。ただ判っているのは、誰に教わったのでもなく、子供の頃から無性に将棋が好きで、そして滅法強く、負けず嫌いで、我流の力将棋で次第に頭角を現わして行ったということだけである。

明治二十年頃のこと、堺のどこかの町で町内の腕自慢の連中が縁台将棋を指していると、魚の行商の籠を抱えた十五六の背の低い若者が、立ち止まってそれを見物しているうち、だんだん夢中になって来て、

「あっ、なんちゅう下手な手や。」

とか、

「何んや、その角打ちは。阿呆くそうて見てられんわ。」

とか、対局している人たちの指し手に酷評を加えるので、とうとう一人が腹を立て、

「こいつ、人の将棋に勝手なことばかりぬかしやがって。そない偉そうなこと言うんなら、一ぺん前へ廻って見い。」

と挑戦すると、くだんの若者は、待ってましたとばかり盤の前に腰を降ろした。

ところが、指してみると、滅法強く、腕自慢の連中のなかで、若者に歯の立つ者は一人もいなかったので、みんながその大文字屋頭（大頭）の若者の顔を改めて見直した。――それが後年の阪田三吉だったという伝説が伝わっているが、恐らくそれに似たような事実はあったのではないかと考えられる。

というのは、三吉は泉州堺の在の生れで、はじめ兄弟が十人くらいあったらしいの

だが、それがみんな疫痢か何かで亡くなってしまって、彼だけが残り、幼い頃から貧しさの味を嘗め、あちこちへ丁稚《でっち》奉公に出たと、後年自分の口から語っているところから見て、魚屋に奉公したこともありそうに思われるのである。

三吉の将棋の特徴は、一と口に言って、人の真似をせぬ将棋、つまり独創の気概に溢れた負けぬ気の力将棋であったと言える。その負けぬ気を如実に現わした三吉の幼年時代の思い出話を、三吉自身が親しい人に語っているが、いかにも三吉らしいので、ここに紹介する。

正月が近づいて、村の子供たちの間に竹馬に乗って遊ぶのが流行《はや》り出した。こういう場合、どこでもそうだが、餓鬼大将になる連中は、自分の竹馬の足がかりを他の者たちよりも高くして、それに優越感を覚えて、得意になって歩き廻る。

それを見て、三吉は何くそと思った。それから、物干竿の長いやつを二本持ち出し、屋根庇《ひさし》の高さに足がかりを付けたのである。これは尋常の腕白小僧には思いもつかぬ奇抜な着想である。しかし、そんな高いところへ足がかりをつけては、子供の背丈では乗ることは出来ない。が、三吉にはちゃんとうまい知恵があった。先ずその二本の竹馬を屋根に凭《もた》せかけて置く。それから、自分は屋根に上って、屋根の上から竹馬に乗り、悪童たちを遥か眼下に見下ろして、彼らの度胆を抜いたというのである。

三吉は、小学校に上ったが、ろくろく勉強もせず、すぐに止めてしまって、奉公に出された。彼の無学文盲は有名で、生涯に彼に書けた字は、名前の「三吉」と、将棋の駒の角行の裏面の「馬」の字だけだったが、小学校へも殆ど行かなかったことを思えば、それも尤《もっと》もと頷けるのである。「読み書きは出来んでも、わいは将棋の日本一。」これが、少なくとも彼自身にとっての、終生の、そして唯一つの誇りであったに違いないのだ。

これも三吉自身の追憶によると、ひととき彼は大阪の草履屋に奉公したことがあったそうだ。が、草履を作らせてみると下手くそで、そのため主人夫婦は彼に子守役を命じた。

毎日、赤ん坊を背負わされて、近所をぶらぶらする。そのうちに、ある時、大人たちが縁台将棋を指している場面に、また出会わしてしまった。例によって、そばに立って見物しているうち、持ち前の悪い癖が出て、指し手にけちをつけたために、自分が指さねばならぬ羽目になった。

「よろし。指しまひょ。」

で指しているうち、背中の赤ん坊の重みがだんだん邪魔になって来た。それで、赤ん坊を背中から降ろし、縁台の上に放ったらかして、夢中になって指していると、赤ん坊は地面に落ちて泣き出した。それにも気づかず指していると、あいにくそこへ、

「三吉、どこへ行きよってんやろ。」

と、赤ん坊の帰りの遅いのを心配して、草履屋の主人が探しに来たのに見つかって、大目玉を食い、その日限りで草履屋から追い出されたというのである。

この辺で、阪田三吉の風貌を紹介して置きたい。三吉は、五尺に足らぬ小男で、頭は先にも触れたように大阪弁で言う大文字屋頭で、現在の知名の人物に例をとることを例にとられる人物に許してもらえるなら、その風貌は関西の漫才界の長老でボヤキ漫才の家元の都家文雄をどこか連想させる。いずれにしても、現実の阪田三吉は芝居や映画の主役たちが演じたような偉丈夫型の「ええ男」では毛頭なかった。大阪の市井《しせい》のどこかにいそうな、風采のあがらぬ小男で、動作にも豪快味など微塵もなく、おまけに声までが大頭の天辺《てっぺん》から出るような低音に近いキイキイ声の持主だった。

が、彼の対局姿を一度でも見たことのある人は、口を揃えて言うのだが、羽織袴で盤の前に正座した阪田三吉は、実に立派で、堂々としていたそうである。

昭和十二年の早春、すでに晩年にあった三吉は、読売新聞の企画で、京都の南禅寺で名人になる直前の木村義雄八段と、つづいて天竜寺で花田長太郎八段と対局、二局とも第一手で意想外の端の歩を突くという彼らしい着想で世人を驚かせ、そして二局とも敗れたが、この時三吉は六十八歳、棋力の落ちているのは当然で、指し盛りの木村、花田に勝てなかったのは異とするに足りないが、この時の対局はともに双方の持時間が三十時間、ともに数日にわたった大将棋だったが、その間老人で脚の弱っている三吉は、盤の前でついに正座を崩さなかった。若い花田八段など、体質が虚弱だったせいもあるが、対局中に脇息《きょうそく》に凭《もた》れることがしばしばだったが、三吉はついに一度も脇息を利用しなかったと、その時の記録係をつとめた山本武雄現七段が語っている。

ここで、阪田三吉の年譜を一瞥したい。

明治三年　　堺市に生る。

明治二十四年

三吉初めて堺で関根金次郎に会う。関根四段二十四歳。阪田無段二十二歳。

大正二年四月

阪田七段（四十四歳）関根八段と初めて平手で指し敗局。

同年七月

阪田平手番で関根に勝つ。この頃より関根をしのぐ棋力を示し、やがて八段となる。

大正十年五月

小野五平名人の没を継いで、関根十三世名人となる。この頃まで名人は一生名人制なり。

大正十四年

阪田（五十六歳）関西名人を自ら宣言。東京中心の棋界、これを認めず、阪田一派を除外して、合同す。

昭和初年

阪田と神田辰之助七段一派は大阪朝日新聞を背景に十一日会を組織。東西の棋界完全に分裂の形となる。

回想I

ここで、しばらく中村浩の回想に耳を傾けたい。中村は、大阪の書家として知られた中村眉山の息で、現在大阪府庁に勤務しているが、父と三吉が昵懇《じっこん》であった関係から、彼自身も幼時から三吉と親しかった人である。

中村が初めて三吉に会ったのは、大正十四年というから、ちょうど三吉が関西名人を宣言して、世間を騒がせた頃である。中央棋界は三吉のこの宣言を認めず、三吉とのの以後の対局を拒否したため、三吉はそれが彼の晩年までの二十余年の長きにわたって続くことになる孤立の第一歩を踏み出したことになるのだが、名人宣言に気負い立っていた当時の三吉自身は、大阪朝日のバックアップもあって、むしろ意気軒昂の心情にあったのではないかと考えられる。

また、三吉の関西名人宣言にしても、ある意味でそれは周囲の人たちのお膳立てによったものとも見られるが、三吉自身としては、彼なりに筋の立った単純な理由があったのである。

当時の棋界が万事に東京中心であったことは否定し難く、それから約十年経って、小菅剣之介名誉名人の仲介によって、東西棋界が大合同し、阪田一人だけは参加しなかったが、将棋大成会が出来てからでも、東西棋士の対局料には差別があり、同じ七段でも東京の棋士は当時の金額で二百円、大阪の棋士は七十円といった有様だった。

三吉にしても、もともと負けず嫌いであっただけに、東京の棋士だけが優遇されるのを、腹に据えかねていたに違いなかった。ところが鬼と異名された大阪の強豪神田七段の八段昇格は、その好成績にも拘らずなかなか許さなかった中央棋界は、大正十四年に大崎、金、それから大阪の長老格の木見の三七段を八段に昇段させた。それが、関根の十三世名人継承には異議なかった三吉の癇に触った。

「なんや。みんな平手でわいに勝ったことないような連中ばっかりやないか。あんな弱い連中が八段になるんやったら、よーし、わいは関西名人や。」

三吉の関西名人宣言の裏には、実力では自分が日本一という自信が強く根を張っていたに違いなかった。

同じ東京の棋士でも、関根門下の花田長太郎が八段になった時には、

「花田の八段はよろしいがな。」

と、三吉は人に語ったことがある。なぜ彼が花田の棋力を認めたかというと、以前に平手で花田に負けたことがあるからしいのだが、この辺に三吉の三吉らしく単純に筋の通った物の考え方が窺えるのである。

さて、大正十四年と言えば、その時中村浩は数え年でまだ六歳の子供だったが、ある日、堂島浜通三丁目の玉江橋北詰西へ入る浜側にあった彼の家の玄関戸をがらりと開けて、

「ここや、ここや。」

と大きな声で言いながら、案内も乞わずに飛びこんで来た五十五六の男があった。ずんぐりした胴がらの上に、四角な顔をのせた、五尺足らずの、どう見ても田舎のおっさんといったタイプの男である。ただ身なりだけは、紋付の羽織袴姿で、それが却って異様な感じを与える。

その男は、玄関に出て行った子供の中村と彼の母を更に驚かせながら、二人を無視した形で、つかつかと沓脱石《くつぬぎいし》にはいて来た下駄を放り出して、無遠慮に玄関へ上りこんで来た。

下駄を放り出してと言うのは、そうとしか言い現わせないような脱ぎ方で、片方の

下駄はやっと沓脱石の上に載っているが、片方は転げ落ちて歯の方を見せたままだったのである。

次に、男はステッキを畳の上に投げ出すと、今度は帽子を大きな頭からつまみ上げ、つまみ上げた高さから、何か物体を落下させるように、ぽとりと畳の上に落した。

それから、落着きなくきょろきょろとあたりを見廻して、

「先生いはりまっか？」

このそそっかしい妙ちきりんな人物こそ、中村が初めて見た阪田三吉の印象だった。

そして、この日三吉が中村家を訪ねて来た用件というのが、また一風変っていた。

三吉は、朝日新聞社から中村の父を紹介され、中村の父の名前を書き入れた名刺を片手に、軒並みに表札と名刺と見比べながら、ようやくこの家に辿り着いたらしいのである。字の読めない三吉にとっては、形だけで「中村」と書いた表札を探すのは、この上なく骨の折れる大事業だったに違いない。それだけに、やっとその表札を発見したとたんに、喜びと安心とですっかりわれを忘れてしまって、思わず、

「ここや、ここや。」

と叫びながら、玄関へ闖入する結果となったらしいのだ。

中村の父の眉山は、もともと朝日新聞社員だったが、当時はすでに退社して書家として一家を成していたが、三吉の訪問の用件は、眉山が字の上手な人であることに関連していた。当時の棋界のしきたりとして、八段になると自分で人に免状を出すことが出来た。たとえ自称でも、名人ともなれば、免状を求める人の数も増える道理である。それに、当時の三吉は、名実ともに関西棋界の第一人者であり、稽古先も、清交社、大阪倶楽部などの社交倶楽部をはじめ、王子製紙、その他かなり多かったので、免状を出す機会は多いのである。

ところで、三吉は字を知らず、字が書けない。自分では免状が書けない。

「困ってまんねん。どないしたらよろしおまっしゃろ?」

と、新聞社で相談したところ、

「そんなら、ええ人がある。中村はんに頼んであげよう。家はこの近くや。これから行って来なさい。」

というようなことから、三吉の中村家訪問となったわけだった。

「阪田三吉は無学文盲、あわて者で忘れっぽく、頑固な上に短気で怒りっぽかったが、その反面、純粋そのもので曲ったことは大きらい、負けん気が強いが義理固く人情味があり涙もろかった。この性格がある点では棋力を伸ばすに役立ったが、また一方では棋界の動きを見るにうとく、協調性を欠いて、晩年の不遇を自ら招いてしまったのである。」

と、中村浩は回想しているが、この阪田の大人と子供とが共棲しているような天衣無縫な人柄を、酒豪で聞えた父の眉山も愛したらしく、

「先生、頼んます。わての出す免状、書いとくなはれ。」

という三吉のたっての願いを、快く引き受けてやった。それ以来、三吉は足繁く中村家に出入りするようになり、家族たちとも次第に心安くなって行った。

字の書けない三吉が、名前の「三吉」だけは書けるようになったのも、眉山が教えてやったからだった。

その教え方がふるっている。

「ええか。阪田はん。『一』の字をなあ、上から下に、七つ並べて書くんや。それから、四つ目と五つ目の『一』の真中へ、縦に『一』の字を一本入れる。頭を四つ目の『一』の字の上に出るようにしてな。それからお終いに、六つ目と七つ目の『一』の字の横へ、一本ずつ『一』の字を縦に入れる。……見てなはれ。ほーら、こんな工合

にな。これで『三吉』という字が書けた。」

眉山のこの教えを忠実に守って、終生、三吉は署名の必要のあった場合、先ず『一』を七つ重ねて書き、それに縦の『一』を三本書き加えるのが常だった。

また、三吉が大勢の人の集まった将棋会の席上などで、揮毫をもとめられたり、将棋盤の蓋箱《ふたばこ》の裏に何か書いてくれと頼まれた際に、彼が恥を掻かないようにと、

「人に字を頼まれたら、『馬』の字を書いたらええ。『馬』は将棋の駒と関係があるし、あんたは角使いの名人と言われる人や。『馬』の字がちょうどええ。」

と、手を取って、三吉に「馬」の字だけは書けるようにしてやったのも、眉山だった。

蓋箱の裏一杯に大書された三吉の「馬」の字は、私も見たことがあるが、子供の自由画にも似た筆太の稚拙感のなかに、三吉らしい覇気が籠っていて、まるで絵のような、何んとも言えない味がある。ほしくなるような、立派なよい字である。

中村浩の回想によると、三吉の玄関における帽子、ステッキ、下駄の処置は、その晩年に到るまで変ることがなかった。そして、考え方によっては、そそっかしい三吉にとって、この無作法さは、辞去する際に忘れものをしないための必要から生れたも

のかも知れなかった。と言うのは、雨の日など、三吉の傘はいつも玄関の三和土《たたき》に開きっ放しにしたままだったが、家人が気を利かせて、傘を畳んで傘立に立てて置いたり、帽子を帽子掛けに掛けて置いたりすると、きまったように三吉はそれを忘れて帰って行く。そのため、家人は慌ててそれを持って三吉のあとを追うことがしばしばだった。

そのため、中村やその兄弟たちは、父から、

「阪田三吉という人は、学問もないし、あの通りのそそっかし屋やけれど、将棋の名人でとても偉い人なんやぜ」。

と幾度教えられても、一向に実感が湧かず、かげで「あわてもんの三公」と呼びならわしていた。

中村には、今も眼底に残って消えない三吉の滑稽な思い出がある。

ある日のこと、母に連れられて外出することになり、玉江橋の手前まで来ると、むこうから背の低い三吉が橋を渡ってこちらへ歩いて来るのが見えた。

「あ、お母ちゃん、あわてもんが来た。」

「これこれ、そんなこと言うのやありません。」

母は、息子をたしなめながら、

「ほんまに、阪田はんや、きっとまた家へ来はったんやろ。」

母と子は、何んということなしに立ち停まって、三吉が近づいて来るのを待った。

その三吉は、例によって、幾分ずり落ち気味の袴にもつれるような小きざみの足どりで、気ぜわしげに歩いて来たと思うと、橋の真中あたりで、どうやら二人に気がついたらしく、その顔には人の好い笑顔が浮かび上ろうとした。が、その瞬間、三吉は何かを取り出そうとするように右手を懐中に入れたと思うと、どうしたことか、二人のことなどを忘れた表情になり、

「えらいこっちゃ。」

と一言呟いて、そのまま今来た方へ引き返しはじめた。

少年の中村と母とは、一体何ごとが起ったのかと、あっけに取られた。足もとをきょろきょろ見廻しながら小走りに引き返して行く三吉の姿は、どうやら落し物でもして、それを探しているようにも見えた。

ひどく慌てているその様子を見ると、黙って放って置いて行ってしまうわけにも行かず、二人はそのままそこに立っていた。

すると、五分ほど待たせて、橋の向うから、手を振り振り、何か大声をあげながら、三吉が彼らの方へ小走りに戻って来た。

近づくにつれて、

「おました、おました。」

と、彼が母に告げているのがわかった。

顔中を汗だらけにしている三吉を見兼ねて、母がハンカチを手渡しながら、

「阪田さん。どないしはりましたん？」

とたずねると、

「いや、実は、いつも首から紐で下げている財布が、さっきちょっと触ってみたら、おまへんのやが。そいで、しもうた、落した思いましてな。」

普通の人間なら、懐中の財布がなくなっていたら、電車のなかででも掏《す》られたのではないかと思うところである。が、三吉は他人を疑うことは嫌いらしく、頭から落したものと思いこんだらしい。

「まあ。それで、あったと言いはりますと、やっぱり道に落してはりましたん？」

と母が言うと、

「いや、それがなあ、奥さん……」

三吉はにこにこして、

「実は、今俯《うつむ》いて探してますと、何んや背中の方にがさがさした重たい物が触りよりますねん。そいで、何んやろ思うて手え廻してみましたら、何んと、あんた、落した筈の財布が背中にありましたんやがな。いつの間にあんなところへ廻りよったんやろ。……」

「まあ。」

笑い出しもならず、中村の母が、

「でも、よかったですわ、見つかって。……」

と、彼のために喜んで見せてから、

「それで、阪田さん、これから家へいらっしゃるのでしょう? 主人おりますわよ。」

と言うと、三吉は、

「へえ。そうですねん。お宅へお伺いして、先生に……」

そう言ったと思うと、どうしたのか、

「あ、しもうた!」

と、何か困ったことでも出来たように叫んだ。

「しもうたって、何んぞまた？」

と母がきくと、

「こらあ、えらいこっちゃ。」

と三吉は溜息をついた。

「奥さん。わし、あんまり夢中になって財布を探しているうちに、肝心の先生への用件、すっかり忘れてしもうたらしい。」

「まあ。」

「はて、どんな用件やったやろ？　おかしいな。どないしても思い出せんがな。」

三吉は、首をひねって、暫く考えこんでいたが、急にけろりとした表情になると、

「奥さん。わし、また出直して来ま。用件忘れては、先生に会うても何んにもならん。そんなら、また来ま。……坊ん、さいなら。」

そのまま、くるりと二人に背を向け、再び橋を渡って、市電の通りの方へ小走りに去って行ってしまったというのだ。

小学校の上級生頃になると、中村は、父の眉山のいいつけで、時どき、三吉の付き

人のような恰好で、三吉がよそへ行くのに同行させられた。文盲の三吉は、行きなれぬ所へ行くのが苦手で、中村は彼の字読み役をさせられるわけだった。

この役目は、少年の中村には、知らない所へ電車に乗って行けるという楽しみ以外には、甚だ迷惑だった。

例えば、市電のなかで、窓の外に銀行の建物が眼につくと、三吉は、

「坊ん。あれ銀行やなあ?」

と、大きな声で問いただす。銀行の看板の「銀」の字は、将棋の駒で毎日のように見ているので、三吉にもお馴染みなのだ。が、三吉の大きな声に、乗客はみんな二人の方を見る。なかにはくすくす笑う者もいる。それが少年には堪らなく極り悪かった。時にはわざと返事をしなかったり、時にはわざと面倒くさそうに低い声で速口に、

「うん。そうや。」

と頷いて見せたりするのだが、相手はお構いなしに、

「あった、あった。またあった。坊ん。あれも銀行やろ?」

と大発見でもしたように、人懐こい声で中村の注意を促す。こっちは泣きたくなることさえあった。

三吉の文盲ぶりに関しては、次の逸話も有名である。

指し盛りのまだ若い頃、東京へ対局に行くのに、三吉が、駅名が読めないことから、

「わし、困るがな。汽車、一体どこで降りたらええんやろ。」

と不安を洩らすと、彼の後援者の一人が、

「そんなら、ええことがある。なあ、阪田はん。あんたの名前の三吉の『三』の字な、その『三』の字が縦に三本書いてある駅名のところで降りるんや。そして、遠慮なしに車掌にきいて、そこから三田行きの電車に乗り換えて、今度は『三』の字がそのまま書いてある駅で降りるんや。」

「三」の字を縦に書いたら「川」。つまり、品川で降りろの指示だった。

三吉の東京での後援者の一人だった柳沢伯爵の邸は当時三田にあった。

三吉は、大阪の後援者の教えを奉じて、無事に品川で下車、無事に市電に乗り換えて三田で下車、何んとか柳沢邸に辿り着いたと言うのである。

滅法腕っ節の強い我流の素人将棋指しだった三吉が、真剣に専門棋士を志すようになり、そして生活の苦しさのためにある時は妻子を路頭に迷わせながら、ついに「わいは日本一の将棋指しや。」と自恃《じじ》するまでに大成長することが出来たのは、彼に天

与の鬼才があったことによることは勿論だが、直接的には、東京の最高の実力者関根金次郎に、石に齧《かじ》りついてでも何んとか勝ちたいという執念に似たものが、彼を鞭打ち、けしかけ、励ましつづけた結果と見て間違いないようである。

明治二十四年、二十二歳の三吉は、どこの将棋会に出ても一等賞を独占するのに慣れて、すっかり天狗になっていた。

「わいに勝てる者があったら、誰でも出て来てみい。」

と言わぬばかりに、彼の鼻息は荒かった。

当時四段だった関根金次郎は、腰に駒袋を下げて、全国を武者修行して歩いて、腕を磨いていた。その関根がたまたま大阪にやって来たのだった。

三吉の天狗ぶりに眉をひそめていた人々が、

「よーし、ええ機会や。一つ関根はんと阪田と指さしたれ。何んぼ天狗でも、高が素人や、今売り出しの玄人の四段に勝てるわけがあるもんか。」

と膳立てして、堺のある旅館で二人を対局させた。それも、相手が関根四段であることは三吉には内緒にしてあった。

三吉の我流将棋が完敗を喫したのは当然のことだった。天狗の鼻をへし折られたばかりか、相手のあまりの強さに、三吉は茫然としてしまった挙句に、熱を出して二三日寝込んでしまった。

その強い相手が、東京の専門棋士、関根金次郎であったことが、やがて三吉にわかった。負けぬ気の彼の頭にかーっと血が上ったのは無理からぬところだ。

「くそっ。関根のやつ、玄人のくせに、名前まで匿《かく》して、わいをなぶりやがった。」

このロ惜しさを消すためには、これから玄人の修行をして、関根より強い将棋指しになる以外にはない。

「よーし。見とれ。これから先き何年かかるか知らんけど、きっと関根より強い将棋指しになって見せたるさかいにな。」

後年の三吉は、関根金次郎の洒脱な人間的魅力、棋界の統率者にふさわしい見識や風采の立派さに打たれ、

「関根はんは偉い人や。おもろい人や。」

と、己れの宿命のライバルに三吉らしい善良さで深い敬愛の念を持つようになったが、しかし、若い頃は、むしろ反対に、「にくい男や」と来る日も来る日も思いつづけていたに違いなかった。

しかし、三吉の将棋は、専門家として次第に認められて行ってからも、その棋風は一癖も二癖も変っていて、いわゆる本格の正統的な型と見なされて来た相懸り将棋は殆ど指さず、専門家の間で振り飛車は邪道とされていた当時にあって、振り飛車が殆どだった。なかでも阪田流向かい飛車などは殊に有名だが、三吉に言わせれば、

「型が何んや。手損が何んや。わいはわい一人だけの将棋を指すんや。変った将棋を指すんや。力で来い。」

恐らくそんな心意気だったに違いない。

とにかく、人の真似は大嫌い、その棋譜に鬼手妙手が多く残されているところ、大阪人らしい意地っ張りと着想の警抜《けいばつ》さと根性の将棋と評してもよいだろう。

そして、三吉の執念は、ついに関根金次郎を破る日を迎える。

大正六年、万朝報主催の「東西八段臨時大手合」の平手三番勝負で、三吉は関根八段を堂々二勝一敗に倒している。

おまけに、皮肉なことに、この三番勝負を、三吉は三局とも嫌いな相懸りの居飛車戦法でたたかっている。その言い草が三吉らしい。

「わたしは今まで相懸りの将棋は殆ど指したことがありませんが、指せぬと言われて

は残念ですからやってみました。なにしろ関根さんは相懸りの名人ですから……」

と、局後の感想で三吉は述べているのである。

しかし、打倒関根の一念に終始した三十年近い歳月の間、三吉の家庭はひどい窮乏の底にあった。その苦しい家計を支えて、彼を励まし、将棋一途に打ちこませたのは、彼の糟糠の妻、きれいなひとであったといわれる小春の内助の功だった。その健気な妻女さえ、ある時は、幼子たちを連れて、鉄道自殺をしようと思って家を出たこともあったらしい。

当時、三吉夫婦は、関西線の近くに住んでいたというから、今宮か飛田のあたりだったろう。そのあたりの貧民街では、朝飯がすむと、今食べ終ったばかりの釜や鍋を質に入れ、昼食代を手にして日雇い稼ぎに出、夕方仕事の帰りにそれらを受け出して夕飯を炊くという生活が多かった。その日も、三吉は質草になるようなものを持ち出し、仕事に行かずに素人将棋会へ出かけて行ったらしい。

その時のことを、後年、三吉は中村家で次のように語っている。

「うちへ帰《い》んでみたら、シーンとしとりまんねん。ピンと来よりました。こらあえらいこっちゃと思うて、座敷へ上るなり、パッと米櫃開けたら、空っぽだす。餓鬼ら連れて死にに行きよったなあ、死ぬるんやったら金のいらん飛び込みにきまったある。そないに思うて、関西線の方へ行《い》たら、線路の上向うから小春が戻って来よるのに会いましてん。……」

その小春は、家にもう食べる米がない時には、食膳の上に将棋盤を黙って置いておいたりもしたらしい。

そして、彼女は、良人が打倒関根の宿願を果す日を待たないで、長女玉江を頭に三男三女を残して、病気でこの世を去り、三吉を男泣きに泣かせるのである。

ここで、三吉の年譜の後半を振り返ってみよう。

昭和九年

阪田（六十五歳）木見門の升田幸三初段（十七歳）の大成を予言する。

昭和十年三月

関根名人英断により自ら名人位を辞し、世襲名人制を廃し実力による短期名人制となる。

同年十一月

神田八段昇格に因を発し、棋界大きく分裂。

昭和十一年六月

古老小菅剣之助八段の調停により和解。大阪の神田一派も中央に合流。

将棋大成会（日本将棋連盟の前身）生れる。阪田（六十七歳）一人参加せず。

昭和十二年二月

阪田（六十八歳）京都南禅寺において木村義雄八段と対局、負ける。

同年三月

阪田、京都天竜寺において花田長太郎八段と対局、負ける。

同年十二月

木村十四世名人となる。

昭和十三年

阪田（六十九歳）関西名人の呼称を捨て、八段として第二期名人位挑戦リーグ戦に参加すれど、成績不良。阪田時代すでに去る。（とは言え、この時の成績六勝六敗の指し分けなり。）

昭和十四年三月

升田六段（二十二歳）木村名人に香落戦で勝つ。
昭和二十一年
七月二十三日　阪田三吉、大阪市東住吉区田辺東之町三ノ二三の自宅にて没。享年七十七。
同年九月
復員の升田七段（二十九歳）木村名人との五番勝負に三連勝する。
昭和三十年十月
日本将棋連盟、故阪田三吉に名人位と王将位とを同時に追贈する。
昭和三十一年三月
王将阪田三吉の墓、日本将棋連盟により豊中市服部霊園に建つ。

回想Ⅱ

ここで、私自身の阪田三吉の思い出を語りたい。
私は阪田三吉の訪問を受けたことが三四度ある。もっとも、それは太平洋戦争がはじまる前後からで、その時すでに三吉は七十歳を越しており、阪田翁と呼ぶにふさわしい老人になっていた。つまり、私の記憶に残っているのは晩年の阪田三吉である。従って、私が三吉の人物から受けた印象は、中村浩の回想とは、だいぶ違っている。私の知っている三吉には、せかせかと小走りに歩いたり、下駄を跳ね飛ばして脱いだりする精気乃至客気は、すっかり消え失せている感じだった。

私の知っている三吉は、どちらかと言えば無口で、物静かで、怒りっぽそうにも見えず、どこか人懐こい、善良で平凡な好々爺だった。鋭角の人ではなく、むしろ穏やかな円味を感じさせた。何か寂しそうな、老人特有の孤独を重たく身につけた人でもあった。

三吉の訪問を受ける前に、一度私は彼に会っていたのを思い出す。それは、彼の唯一人の内弟子である星田啓三の将棋会が、星田の家に近い南海沿線の玉出駅のそばのお医者さんの家で催された時のことだ。そのお医者さんは当時田舎へ疎開中で、そのためその留守宅で将棋会を開くことが出来たように記憶するが、このことからも、当時すでに戦局はかなり烈しくなっていたように思うのである。

星田に紹介されて、私は翁に初対面の挨拶をした筈だが、この日の将棋会の終りまで、三吉は愛弟子のために席に残っていたが、彼が誰かと物を言った記憶は私には全然ない。始めから終りまで、彼は、アマの棋客たちの指す下手な将棋を、黙って静かに見ていただけである。若い頃の癖だったという横からのキイキイ声の辛辣な批評など、ついに一語も聴かれなかった。

そう言えば、いつか升田幸三九段から聴いた話でも、少年時代の升田に残っている阪田三吉の印象は、ひどく口数の少ない人だったという。少年の升田が、師匠の木見八段の代稽古役として、戦前ガス・ビルの七階にあった学士会倶楽部だったかで、その会員相手に指しているうち、ふと気がつくと、その倶楽部と別に縁のない和服姿の老人が、うしろから黙って升田の将棋を見ている。それが一時間も二時間も飽きずにである。次の週の稽古日に、升田がまたその倶楽部に行き、会員たち相手に指していると、いつの間にかその老人がまた現われ、うしろからじっと彼の将棋を見ていた。それが阪田三吉だったというのである。

そういうめぐりあいが更につづき、どうやら三吉は少年の升田の指す将棋を見るのが楽しみに、升田の稽古日にひょっこりその倶楽部へ姿を現わすらしいことが、会員たちの話でわかった。

その三吉はいつ現われても無言だったという。升田に話しかけるでもなかった。永いこと升田の将棋を見物して、そして黙って帰って行くのである。

唯一度だけ三吉は升田に話しかけた。

「あんたは筋のええ将棋を指しはる。あんたの将棋はおもろい将棋や。」

けだし、三吉自身の将棋がいろんな意味でおもろい将棋であっただけに、棋風こそ違え、鬼手好手の多い升田の将棋のはげしさに、三吉は彼自身で果せなかった遥かな夢を託したい気持を、天才は天才を知る共感とともに、ひそかに覚えていたのかも知れない。

そして、升田のこの思い出話を聴いた瞬間、強く私の胸に来たのは、晩年の阪田三吉の孤独の深さ、いたましさだった。

そうではないだろうか。将棋を指すことだけが生き甲斐であった阪田三吉。他に何んの愉しみもない男が、大正十四年の関西名人宣言以来、中央棋界から除外され、絶縁され、孤立化させられ、一切の公式対局の機会を剝奪されつづけて来たのだ。それも実に二十年の長期にわたって。それは、極端なお喋り好きの人物の唇の上に、絆創膏で二十年間の封印をしたにも等しい。これ以上に残酷なことがあるだろうか。他人の指す将棋、未来を担う有望な少年棋士の指す稽古将棋を長時間眺めることによって、三吉は将棋を指すことを禁じられた自分の年来の心の渇きを、僅かに癒《いや》していたのに違いないのだ。

晩年の三吉が鋭角のない平凡な好々爺になってしまったというのも、年齢による生理的な老化現象というよりも、長期にわたって唇に絆創膏を貼られつづけていたお喋りな人間が、気がついてみたらいつの間にか極端な無口になっていた場合に譬えた方が、ふさわしい気がしてならぬのだ。三吉が晩年ひどく口数の少ない人になっていたのも、そう考えれば、決して偶然ではないと思われる。

阪田三吉ほど気の毒な後半生を送った人も少ないだろう。——しみじみ私はそう思わずにいられなかった。

三吉が初めて私を訪ねてくれた時のことで、私には忘れられない思い出がある。

書斎で対座すると、翁は言った。

「あんたの将棋盤、拝見さしとくなはれ。」

私は自分の持っている一番よい盤を取り出して、蓋をとった。その榧《かや》盤は、昭和十七年に私が手に入れたもので、柾目《まさめ》も通り、厚さも六寸以上あった。

ところが、三吉は、眼の前に置かれた盤を、表面はろくろく見ずに、先ず自分の両手でくるりと裏を向け、盤の裏面を注視したのである。

なるほど、阪田さんのすることは変っているな、と私が見ていると、

「あきまへんな。」

と、三吉は、将棋盤の裏面の中央にあるヘソと、その真中のピラミッド式の突起を指しながら、

「このヘソは、あきまへん。盤の良し悪しは裏で決まる。裏を見た時に、このヘソの凹《へっこ》みとトンガリの鋭さで、ぐーっとこっちの胸を突いて来るものがないとあかん。残念ながら、このヘソには凄味がちっともあれしまへんやろ。これでは駒の音も冴えん。盤屋にいうて彫り直さしはったらよろしい。そうしたら、立派な盤になりま。」

そこではじめて、三吉は盤を表に戻して、畳の上にきちんと置き直し、暫くは黙って木目の通り方にじっと眼を注いでいた。

洒落た巷説によると、将棋盤の裏の真中のトンガリは、心なき助言者の首をはねて、その首を突き刺すためのもので、血が流れ出ない用意に、トンガリの周囲に凹みが作ってあるのだそうな。——なぜかこのとてつもない伝説をふっと思い出しながら、私

は、なるほど、阪田さんの言う通りかも知れない、真剣を交える心で盤に向かう阪田さんのような勝負師にとっては、盤の裏の凹みもトンガリも、いい加減の造作では魂をこめた将棋は指せない道理かも知れないと考えた。

往年の関根八段との対局でだったか、盤上で進退に窮している自分の銀を見て、三吉が思わず、

「ああ、銀が泣いている。」

の名セリフを呟いたという伝説も、私の心のどこかに浮かんで来ていた。

三度目に訪ねて来てくれた時だったか、老人は、帰りがけに、右手を懐中に突っこんだと思うと、そこから何やら茶褐色の細長い物を取り出し、

「これ、あげまひょ。」

と、くれた。

受け取ってみると、三吉には不似合な一本の葉巻だった。酒も煙草ものまない三吉は、どうやらその葉巻を、誰か後援者の財界人の応接室の机上からでも、

「これ、一本もらいまっせ。」

と、煙草をよく吸う私のためにもらって来てくれた感じだった。

日常物資がかなり逼迫《ひっぱく》していた頃で、煙草も手に入りにくくなっていたが、幸い私は何んとか都合がついていた。が、三吉の童子のような好意は私の心に沁み、私はありがたくそれを頂いた。

が、もともと葉巻はあまり好きではなかったし、それに、老人が手づかみで一本だけ温めて来てくれた葉巻は吸う気になれなかった。また、阪田三吉がくれた葉巻は、吸ってしまうより、よき記念の品として保存して置くのが本筋のようである。

埃をかぶって、一本のその葉巻は、戦争が終ってからも、私の書棚の上の段の一隅に載っかっていた。

そうだ、あの葉巻はどこへ行ってしまっただろうか。阪田三吉が世を去ってから、二十年の歳月が過ぎ去ってしまった。……

回想Ⅲ

十六歳の暮れ、星田啓三が内弟子として、阪田三吉の許へ入門したのは、たしか昭和七年だった。

それから三十年以上が経ち、星田は現在六段で現役棋士の生活を大阪でつづけているが、彼が入門した頃の阪田三吉は、すでに六十歳を過ぎ、関西名人問題から対局不能の孤立状態にあった。

星田の記憶に鮮やかに生きている師匠の面影は、少しも怖い人ではなく、むしろ優しい円満な老人である。

星田は、幼い時から将棋が好きで、いつか大人より強くなり、街頭の詰将棋を詰めて得意になったりしていたが、たまたま三吉を知っている人から、

「あんた、そないに将棋が好きなら、一ぺん阪田はんに会うてみなはれ。」

とすすめられ、三吉の家へ連れて行ってもらう気にはなったものの、その時は将来専門棋士になる気持など全然なかった。

それよりも、世間の将棋好きの間では、

「二丁飛車には阪田も逃げる。」

などという格言みたいなものまでが広くつたわっていて、

「阪田は鬼のように将棋の強い男。」

と子供心に聞き知っていただけに、三吉に会うのが何んだか怖かった。

それだけに、会って見た三吉が優しそうな老人だったので、却って意外な気さえした。

その頃、三吉は新京阪の東吹田駅のそばの立派な前栽のある大きな家に住んでいた。その家は三吉の後援者の大日本ビールの社長だった高橋龍太郎の持家で、高橋翁の好意で三吉はその家を提供されていたわけだった。

初対面の時、三吉は二枚落ちで星田と一番指してくれた。中途まで指すと、星田の筋のよさがわかったらしく、指すのをやめて、

「あんた、明日から、毎日家へ来なさい。」

と、入門の許しを与えた。

その翌日から、星田は、言われた通りに、毎日三吉の家へ通った。が、内弟子として阪田家で起居することを許されたのは、それから半年ほどしてからだった。それには理由があった。

三吉の最初の糟糠の妻の小春はすでに世を去っていて、当時すでに二十代の半ば頃にあった勝気でしっかり者の長女の玉江が、家事の一切を切り盛りして、父の世話も見、弟妹たちの世話も見ていた。そうでなくても、阪田家には男女合せて六人もの子

供がいる。それに、三吉は有名な子煩悩で、子供たちを溺愛に近く可愛がっていた。彼らの言いなり通りに、言わば一種の自由教育を施していた。従って、子供たちは溌剌とはしていたが、ある意味では我儘に育っていた。

とりわけ三吉が眼をかけていた次女は、亡き母の面影を写して、なかなかきれいな少女だった。当時女学生だったこの次女のために、三吉が、京都から来る背負い呉服屋の小母さんから、七十円の長襦袢を買い与えるのを見て、星田は眼をみはった記憶がある。七十円といえば、当時の大学出の一月分のサラリーだった。

一事が万事、そんな風だったので、阪田家の月づきの出費は、冗費も多く、かなりの額に上った。が、当時は、棋界から孤立こそしていたが、三吉の全盛期のつづきで、朝日新聞社からだけでも、今日の十万円にも相当する百五十円の嘱託費を受けていたし、稽古先も多かったので、一家は気楽な生活をつづけることが出来たのである。

三吉が気質も温厚で顔だちも端正な星田をすぐに家に入れなかったのは、星田を同居させた場合、子供たちとの折り合いがうまく行くかどうか、ひそかに験《ため》していたらしい気配がある。

三吉のそうした親心と気苦労も無理ではなかった。というのは、通い弟子に、阪田家では食事を出してくれる。星田の食事は小さな膳に載せられて別に用意され、その横に子供たちの大きな食卓がちゃんと用意されてある。そして三吉は、子供たちを待たせて置いて，星田だけ先に食事させるのである。三吉にしてみれば、

「星田はわしの生命より大切な将棋の弟子や。先に食事させるのが当り前。」

という気持であったに違いない。

が、子供たちには、書生の星田が家族たちより先に食事をするのが不満らしかった。三吉には、星田より先に、京都から来ていて三段まで進んだ若い内弟子が一人あった。この弟子の場合は、家が遠いので、三吉は高橋龍太郎に頼んで、書生として高橋家に置いてもらってあった。この弟子の場合も、三吉は家に置いて子供たちとの余計な摩擦を避けたわけだった。

この内弟子が三吉の許を去ったのは、三吉がある倶楽部へ代稽古に行かせてあったのを、内弟子は内緒で一回だけすっぽかして行かなかった。それが後でわかったための破門だったが、三吉はその時も一言も怠けた内弟子を叱らなかった。

「お前、もう風呂敷もって帰り。」

そう言ったきりだったが、この簡単な破門の仕方にも、嘘や不正の大嫌いな三吉の

いわゆる阪田流がよく出ているようである。

半年経って星田が阪田家で寝起きを許されたのは、その頃三吉に後妻問題が起り、それやこれやのいざこざから、

「お父さんがあんな女と一緒になりはるんなら、よろし、うちたちは別に暮らします。」

長女の玉江がそう言って、弟や妹たちを引き連れて、さっさと天王寺の方へ引っ越して行ってしまって、家が空っぽになったためである。

子煩悩で、子供の主張に弱い三吉としては、

「それも仕様ないな。」

と、別居には賛成したものの、すでに六十歳を過ぎている父親として、内心はひどく寂しかったに違いない。

こうして世帯が二つになり、三吉の支出は更に増えた。そして、晩年の三吉はこれから四五回引っ越しすることになるのだが、それは、子供たちと別居したり、一緒になったり、また別居したり、そんなことを繰返さねばならなかったためであった。ずっと後に、三吉は、泉佐野で暮らしていた温和しい中年過ぎの東京生れの女のひとを

後妻に迎え、死ぬまで一緒に暮らすことになるが、この再婚もまた何度目かの別居の理由になるのである。

一緒に暮らしてみて、星田には、将棋指しでありながら将棋を指す機会のない自分の師匠が、どんなに寂しい朝夕を送り迎えているかを、しみじみ思い知らされた。

所在なさそのものの単調な生活をつづけている三吉は、朝飯のあとで、きまったように、自分の部屋で手廻し式の蓄音機を掛け、それを聴いていた。

掛けるレコードはいつもきまっていた。京山幸枝の浪花節の「会津の小鉄」だった。

その浪花節の文句には、よほど三吉に気に入ったところがあるらしく、毎日耳にするともなしに耳にしているうちに、いつか星田もその初めの方の文句を憶えてしまった。

〽人に親分親方と、立てられまする哀しさに、後へは引けない男の意地、剣の刃渡り数知れず……

たしかそんな文句だった。

毎朝同じレコードに耳を傾けている師匠のことを考えると、師匠の孤独が余計ひしひしと若い星田の心に沁みこんで来た。

三吉は立派な将棋盤を二十面くらい持っていた。駒も同じくらい持っていた。毎日、胡桃《くるみ》の実の油で、それを磨くのが星田の役目だった。数が多いので、指が痛くなり、指の皮が破れたりして、この仕事はかなり辛かった。

が、いい加減に磨いていると、

「星田、あかんがな、そんな磨き方では。駒の横を丁寧に磨くんや。わかってるやろ。人間、どんな仕事でも、やる以上は一生懸命に魂を入れてやるんや。ふだんからその心掛けやないと、ええ将棋は絶対に指されへんで。」

と、三吉に注意された。

日本が支那へ出兵したり、世相が険悪になって来る頃から、三吉の家計は少しずつ苦しくなって来た。

三吉には、偏狭で一徹な面があり，妥協が出来ないたちであっただけに、いつも損をするとも言えた。半ば自分から棋界から孤立してしまったのも、考え方によれば、その一徹さの故だった。収入の面でも、しばしばそんなことが起ったのである。

古くから三吉が師範をしていた堂ビルの清交社へ、三吉は週に二回顔を見せることになっていたが、歳も取ったし、いつからか週に一回は星田が代りに行くようになった。

清交社の有力な会員の一人で、将棋好きで、関根名人や木村名人とも面識があり、関根名人と三吉の二人だけには、面とむかって「関根はん」「阪田はん」と呼んだが、若い木村名人以下は「木村クン」とクンづけで呼ぶのが常だったある人物が、星田の代稽古のことで、ある時、三吉に、

「阪田はん。あんたも、もうちょっと顔見せてもらわんことには。」

と苦情を言った。

それに対して、三吉は、

「別にわしが来んかて、星田が来てま。それで、よろしいやおまへんか。」

その程度までならよかったのだが、ついむしゃくしゃが口に出て、

「別にあんたにそんなこと言われることない。あんたに謝礼もろてるわけやあらしまへんやろ。それに、その謝礼も、清交社の会員の数で割ったら、あんた一人で一銭五厘にしか当らへんのに。」

そんな憎まれ口まで叩いてしまった。

それから間なしに、清交社では箱根で紳士棋会を催す企てがあり、二三度も人が三吉

のところへ、

「東京から関根名人も来てくれはります。そいで、こちらから阪田はん、是非あんたに出てもらいたいのです。頼みます。」

と、箱根行きをすすめに来たが、三吉は、前のこともあって虫の居所が悪く、ついに首を縦に振らなかった。

わざわざ頼みに来た人たちは、

「あんな頑固な親爺はない。」

と腹を立てたに違いない。

が、三吉は星田に言った。

「なあ、星田。わしは天下の将棋指しや。そのわしが、なんで箱根くんだりまで、太鼓持ちみたいに、金持の御機嫌とりに行かんならんのや。わしは行けへんで。」

それから数日後に、三吉は、長女の玉江を清交社へ使いに行かせ、

「都合で暫く体ませて頂きま。」

それっきり、自分から清交社を辞めてしまった。

朝日新聞の嘱託も辞めた。この場合も、三吉の言い分の方が無理だった。月づき百

五十円の嘱託料を五百円にしてもらいたいと要求したのである。朝日が応じなかったのは当然である。

こんな風にして、三吉は、辞めなくてもよい収入源を、次々と自分から辞めて行った。それに比例して、二世帯の生活が苦しくなって行ったのは、自然の成り行きであった。

三吉の愛蔵の将棋盤の数が、いつか少しずつ減って行った。

しかし、三吉の老後の生活は、表面的には別に変りもなかった。

毎月、一日には住吉神社へお参りした。

三吉の長男は、神戸高商（現在の神戸大学経済学部）を首席で出たような秀才で、ある火災保険会社へ勤め、結婚もしていたが、召集され、戦死した。気の毒にも、輸送船でやられたのである。子煩悩の三吉に、これはショック以上の嘆きを与えたに違いなかった。

電車に乗ると、もともと三吉は坐らない癖があり．いつも窓の外を向いて立っていたが、その電車のなかで、時どき三吉は両手を合わせて外を拝んでいる。不審に思って、ある時、星田が、

「先生。何してはりまんねん？」

ときくと、

「あこに誰それさんが住んではる。」

と、三吉は窓の外を指して教えた。以前世話になった人の住居の近くへ来ると、手を合わせているらしいのだ。鬼と言われた一代の勝負師も、年とともに、心に弱りが来ているに違いなかった。

星田が三吉の許で内弟子生活をしていた頃の話だが、ある日、三吉は、昼ごろ出て行ったと思うと、一時間ほどでにこにこしながら帰って来て、

「星田、見てくれ。」

と、一冊の通帳を星田に見せた。

「高橋さんに借りて来たんや。千円もろて、二百円残して、八百円入れて来たんや。」

戦前の千円も大きいが、高橋龍太郎はそれをくれた時に、

「貯金しといた方がええやろ。」

と、それとなしに三吉に注意したらしかった。

言われた通りにして、素直に喜んでいる三吉を見ると、星田は、

「先生はほんまに子供みたいな、何んてええ人やろ。」

と、涙が出そうになって来た。

また、その頃のある日、三吉が大きな声で居間から星田を呼んで、

「おい、硯持って来てんか。」

と命じた。

持って行くと、墨を磨れと言う。

普通に磨っていると、

「そんな磨り方あかんがな。もっと魂入れて磨らんと。」

と、いつもの小言が出た。

磨り終って、星田は引き下ったが、字の書けぬ師匠は何のために墨を磨らせたのかと、不審でならなかった。

三吉が星田を呼んだのは、それから三時間くらいしてからだった。

行ってみると、「馬」の字を大書した半紙が、三四十枚も部屋一杯に散らかっている。誰かに一枚頼まれて、書いたらしい。それが書き直し書き直ししている間に、三四十枚になったらしい。

「お前、この字のなかで、どれが一番ええ？」

星田は、言われるままに、見廻して、一番形が整っていると思われるのを二枚取り上げて、

「先生、これとこれがよう書けているように思いますけど……」

「あかん。」

と三吉は言下に言った。

「その『馬』は二つとも死んどーんねん。」

三吉が、自分でこれがええと思うと指した「馬」は、形は荒れて歪んでいたが、三吉に言われてよく見ると、星田の眼にも、本当に生きて躍っているように見えた。

星田も造船所へ徴用にとられ、空襲がはじまった。

大阪は焼け、終戦が来たが、食べて行くために、星田はそのまま造船所の人事の仕事をしていた。

昭和二十一年七月二十日過ぎ、造船所へ母が星田に知らせに来た。

「啓三。阪田先生がお悪いそうやで。」

「えっ。」

星田は、仕事を早退させてもらって、急いで東田辺の三吉の家へ駆けつけた。その家はかつての東吹田の家とは比べられないような小さな家だった。

七十七歳の三吉は、蚊帳のなかで寝ていた。

星田がその枕元に近づこうとすると、

「星田。はいって来たらいかん。」

と、叱るように、三吉が言った。

三吉の病気は悪性の食当りらしかった。首の太い長命型の三吉だったが、終戦直後の誰もが陥っていた栄養失調がその夏季に流行する疾患への抵抗力を弱めていたのに違いなかった。

その三吉の万一伝染したらいかんという思いやりの叱声が、言わば星田が師匠から聴いた最後の声だった。

七月二十三日、阪田三吉は息を引き取った。

どこか亡妻の小春に似て、一番眼をかけていた次女が、岡山の婚家から駆けつけていて、温和しい後妻とともに、臨終の枕辺にいてくれたことが、老人にはこの上ない心の慰めだったに違いない。

阪田三吉の墓は、昭和三十一年、高橋龍太郎の配慮により、日本将棋連盟の名で、豊中市の服部霊園に建立された。

立派な墓だが、碑面の文字は、十年も経たぬうちに、判読に苦しむくらい無残にも欠け落ちて、関係者を嘆かせている。心なき博奕《ばくち》打ちや、選挙立候補者たちの身内どもが、三吉の勝負強さにあやかるために、どうやら名前の部分の石を欠いて持ち去るらしいのだ。これには地下の三吉もさだめし苦笑していることだろう。

（「小説新潮」一九六五年十一月号）

坂田三吉をめぐって

坂田三吉氏のこと――「話の塵」より

菊池　寛

坂田氏の棋力

坂田大阪名人と木村、花田両八段の手合が近々行われることになった。これは、将棋ファンにとっては、相当の興味を惹くだろう。

が、大体の輿論は、もう坂田は木村や花田のような現役棋士の敵ではないだろう。実際に千軍万馬の間を馳駆《ちく》している現役の大将には、敵わないだろうと云うのである。が、萩原八段の説は違っていた。

「私は、坂田さんは相当強いと思います。それは今健康がとても秀れていることです。身体が悪ければ問題ではありませんが、身体はとても、よさそうです。それに、この夏大阪で、坂田さんと会いましたが、人と話している声を傍《そば》で聞いていると、透《す》み切っていて、老人の声とは思われない位に、元気が溢れています。あの元気なら、充分に指せると思います。実戦に遠ざかっているから弱いだろうと云いますが、あの位の境地に達すれば、いくら指さなくっても、そう技倆が落ちるものではなく、それに現在の棋譜も見ているでしょうから、時代に取り残されているわけでもないでしょう。それに、長い間、将棋を指さないで、張り切っているために、却って元気が溢れているのではないでしょうか。私は、坂田さんは、可なり強いと信じています」と、云うのであった。

この説が当っているか、どうかは、実際の勝負を見る以外はない。

（「話」昭和十二年三月）

坂田三吉氏のこと

この雑誌が出るまでには、坂田三吉氏の「名人戦」参加が確定発表されているだろう。坂田三吉氏が、関西名人の位置を、かなぐり捨て、八段として名人戦に参加することは棋界近来の壮挙である。坂田氏を入れない名人戦は、何と云っても、完璧とは云えないと思う。坂田氏の名人を名乗ったことは、合法的ではなかったかも知れないが、当時の実力は優に、関東の棋界を圧伏していたと云ってもよいのである。少くとも関根前名人とは同等の棋位を持っていたと云ってもよいので、他年関東の将棋界に対し、一敵国であったのだ。この人が、従来の行きがかりを一擲《いってき》して、名人戦に参加することは、日本棋界のためにも、坂田氏のためにも、名人戦のためにも、慶賀すべきことである。

七十に近い老軀ではあるが、元気にハリ切っているので大成会の各八段を迎えての健闘は、新聞将棋界の焦点となるであろう。

（「話」昭和十三年七月）

坂田三吉氏

坂田三吉氏を、名人戦に参加させたのは、僕である丈にその成績には、関心を持っていたが、今度失格を免れたことは、嬉しいと思っている。

坂田氏は、実力に於いて、今の八段に劣るわけはなく、土居さんとの将棋なども、一手の落手のために、勝敗が転倒しているのだ。ただ、二十年近く実戦に遠ざかっているために、近代将棋の巧妙なる序盤作戦に通ぜず、立ち上って組んだとき、既に不利の体勢になっているのだ。しかしだんだん近代将棋に馴れたから、第二回にはもっとよい成績を上げるだろうと思っている。

（「話」昭和十四年八月）

坂田三吉

坂田三吉の名人戦参加はいろいろな意味で問題になり、その強弱論が、一時盛んであった。第一期戦は、やっと二勝して、脱落を免かれたが、坂田老朽説に凱歌が上ったように見えた。が、第二期戦に入ると、やや怪我勝《けがかち》の気味ではあったが萩原八段を破り、土居さんには負けたが、金八段に快勝し、金子八段には負けたが、今度又神田八段に勝った。萩原神田は八段中錚々たるものだ。この二人を倒せば、堂々たるもので、名人戦参加の意味が充分にあったと云ってよく、自分も坂田の参加に肝煎りしてよかったと思った。坂田などは、軍人に比ぶれば、後備中の後備である。実戦に遠ざかること、二十年近く、近代将棋を知らずと云われ、しかも七十を越した老人である。それがノコノコと出て来て、神田や萩原を負かすことは、大手柄でその資性の強靭と、その全盛時代の棋力の充実とを想わせて、何人《なんぴと》も喝采してもいいことだと思う。それだのに、大成会公認と称する「将棋世界」の匿名欄などで、機会あるごとに坂田の悪口を云っているなど、将棋界の偏狭を示しているようで見苦しい。

が、坂田は何と云っても、七十を越している。近代将棋に追付くと同時に、老衰に追いつかれている。今、十年若かったら、木村名人を向うに廻して、壮快なる名人位争奪戦をやるのは、きっと坂田であったであろう。

（「話」昭和十五年二月）

［きくち・かん　作家］

（『菊池寛全集』第二十四巻、高松市菊池寛記念館、一九九五年）

坂田三吉

王将

吉屋信子

その仲秋（昭和十二年）、時の内閣情報局の命で作家が従軍させられた海軍班の（従軍報告会）が大阪で開かれるその日だった。菊池寛団長の海軍班の一行は打ち連れて上阪していた。吉川英治、佐藤春夫、小島政二郎、浜本浩、北村小松の諸氏と私の一行は菊池氏を始めたいてい新大阪ホテルだった。

私は自室でその夜の演壇での話を思案しているとフロントからの電話で来客を告げられた。せっかく報告談内容を考えている最中でいやだったけれども、階下のロビーへ降りてゆくとボーイが案内したテーブルの傍に一人の男――羽織に着流しの小柄なもう年配の――どうみてもどこかの店の番頭さんかと見えるそのひとが私への面会者だった。まったく見覚えのないひとだった。

私がきょとんとしていると、そのひとは幾度も腰低く頭をさげて、まったく小商人じみていた。

「菊池先生をおたずねいたしましたが、ただ今おいでになりませんので、まことにハアなんですが、先生へおことづけを……どうぞ……」

そうした言葉より多く顔をさげつづけるので私は困ってしまった。椅子をすすめても客は辞退して立ったままだった。

「菊池先生にはまことにひと方ならぬお世話にあずかり、そのお力添えにて……」

また何やらくどくど言いつづけるのだが、まわりに人の出入りが烈しく、あちこちに談笑の声がひびいて、低い声で頭をさげたりあげたりで、言うのがよく聞き取れなかった。

じつのところ、私はその客の態度が歯がゆくじれったかった。

「どなたでございましょう」

私は問うた。

「ハイ、てまえはサカタサンキチでございます」

この名乗りの時だけは、日本中だれでも知っている名を告げるようにはっきりとした。ところがサカタサンキチ、サカタサンキチ……私は頭のなかを風車のようにまわして、やっとそれがかつて、関西から出て来て関根名人を下したという将棋指しだとおぼろげながら思い出したのは、それでも感心だった。なぜなら私はかねて新聞が大競争で碁や将棋の対局を大きくはでに報じるのがなんのためか腹が立つような不心得者だった。（その時以来改心――）

「ではどうぞよろしく菊池先生に――」腰をかがめてこう言うなり坂田三吉氏はひょこひょこと人出入りの混雑のロビーの灯の下を消えてゆくように去った。

――その夜の会場へ向かう車の来るころ、私が菊池氏の部屋のとびらをノックすると、もう外出先から帰っていられた。

「なに、坂田三吉が来たの？」

菊池氏は勢い込んで言われた。

「君ィ、お茶でもなんでも出さして話相手して待ってもらっておけばよかったんだよ。そりゃあおもしろい人物だよ」

私は生涯の不覚を悔いた。坂田八段が故あって十幾年東京棋士との対局からはずされていたのを棋界の理解者菊池氏のあっせんで名人戦に出馬出来るようにこの程なったのだと聞かされた。

こんど坂田三吉氏に会ったら畳に額をすり付けてごあいさつしようと思った。(三吉)という字と桂馬の(馬)の字より書けぬこのひとがどうして私の名を知ってか、恩人へのことづけを頼まれたのに……なんという不調法な私だったろう。

だがついに二度と会えない人となって終戦の翌年、不遇のうちに死去……その後、映画(王将)を観た時、阪東妻三郎の坂田三吉はあまりに堂々として私の見た人とはちがったが、でも私は(イツゾヤハゴメンナサイ)と故人にわびつつスクリーンを見詰めて涙が流れて――流れて仕方がなかった。

[よしや・のぶこ　作家]

(「朝日新聞」一九六三年四月十一日/『吉屋信子全集』第十二巻、朝日新聞社、一九七六年)

坂田翁への手紙

北條秀司

天にまします坂田三吉先生へ。

「王将」第二篇がとうとう書き終りました。

とうとう先生も舞台の上で、眼をつぶられることになりました。

ずいぶん長い間のおつき合いでした。さぞ御迷惑であったろうとぞんじます。

第一篇の序幕が明治四十年でしたから、まだ先生も三十六歳のお若さでした。そして第三幕の大詰が昭和二十一年で七十七歳、なんとまあ四十一年間のおつき合いでした。

四十一年というべら棒に長い芝居の中で、わたしは先生のあらゆる面を描いたつもりです。先生の苦しみを苦しみ、よろこびをよろこび、悲しみを悲しんで、わたしはまるで先生自身であるかのような錯覚に囚われたことが幾度あったか知れません。そして、つい先生の中へ自分というものを溶かし込んでしまい、舞台にのせてから、あっ、しまったと思い、苦笑をしたことも、これまた幾度あったかわかりません。棋士の生涯も作者の生涯も、つづまるところは同じなのですねえ。

そう言えば第一篇第二篇を観に来てくれた作家の友達連中が、身につまされて泣いたよという言葉を何度もわたしに言ってくれました。いや、作家だけじゃない、これはすべての分野の、人生を誠実に生き抜こうとする人達には共通してながれているものなのかも知れませんね。

先生、御苦労さまでした。四十一年の長い間を一介の未熟な作家の作品の上に生き続けていただき、本当にお疲れであったこととおもいます。きっと御苦笑ものであったとおもいます。ずいぶんお腹立ちにもなったこととおもいます。どうかお許し下さい。

わたしは本当に先生が好きです。先生の良いところもわるいところも一切が好きなのです。心の底から惚れ込んでいるのでしょうね。

ずいぶんいろんな人達から先生のお話を聴きました。わたしと同じように、先生にベタ惚れの人があった反面には、先生を褒めない人もありました。あざわらう人もありました。しかし、その人達の一切の言葉の底に、人間坂田三吉翁の好もしさ、偉さ、尊さが強く裏づけされていることをわたしはいつも感じることが出来ました。

先生を描くに当って、わたしは劇作家であることを悲しみました。戯曲という文学は、あらゆる文学の中で一番メンドウな文学であると思います。それは作者が描こうとする人物を俳優というものによって表現しなくてはならないためです。そして、もう一つ厄介な条件は、芝居は面白くなくては困ることです。

もちろんわたし達はお客さんを面白がらせるだけのために芝居を書いているのではありません。七メンドウなことのお嫌いな先生に、理窟めいたことを言うのは止しますが、わたし達は芝居を書く上にもっともっと高いものを持っています。しかしそれを観る人の胸に喰い込ませるためには、どうしても舞台が面白くなくてはいけないのです。先生の御生涯はずいぶんと複雑な、波瀾に富まれた御生涯でした。しかしそれがそのまま芝居になるというわけには行きません。どうしてもいろいろと手を替え品を替えて、面白くしなくてはなりませんでした。そしてそれをやったために、先生を知られる人達から、ずいぶん叱られました。

しかし、もう一ぺん申しますが、わたしは先生を主人公にして、お客さんをただ面白がらせる芝居を書こうとしたのではありません。観る人を舞台にひき寄せて、先生という方の本当の姿を正しく摑ませようとしたのです。先生という不世出の天才の生涯を熟視させることによって、観る人の胸に、人間を愛する熱情、人生に対する感動を強く浸み込ませようと企てたのです。

わたしは今本当の姿という言葉を使いました。正しくという言葉を用いました。そのためにわたしは先生及び先生の周囲に対して、ずいぶんあることないことを、拵えたり歪めたりしました。そして、皮肉なことに、その不徳が舞台の上に、少しでも先生を真実に近く描き出すことに役立ったと自惚れています。その不徳によって、先生の偉大さを多くの人達に示し教えることが出来たという自信を強く抱いています。

先生、本当に長い間御迷惑でした。では、どうか安らかにお眠り下さい。そちらへ行ったら色々とお詫びをいたします。不思議な縁で亡父もあなたとおなじ天王寺一心寺に眠っています。（昭和二十五年十月記）

［ほうじょう・ひでじ　劇作家］

（『演劇夜話』日月書店、一九七八年刊）

一芸に秀でた風格を示す

吉田美代

父はすごく丈夫で健康でしたが、終戦翌年の夏でもあり、すでに七十七歳という高齢でもありましたので、食当たりから腸カタルを起こして寝こみ、それでも、ただの下痢だろうぐらいに思っていたら、老衰が起きて十日目くらいに、全然苦しみもせずラクに亡くなりました。兄や姉たちは皆結婚していて疎開などしていましたから、父と二人暮らしだった末っ子の私だけが、父の死を看取った形になりました。

二日前までは意識もはっきりしていましたが、当日は夕方往診にみえた近所の先生が、「もうダメだから、親族を呼ぶように」といわれて帰られたあとも、すごく高イビキをかいて寝ていたので「ああ、大丈夫だわ」と思っているうちに、ふと気がついたときはイビキも止まっていて、安らかな顔で息をひきとっていました。

最後の十日間は、お弟子さんの病院長先生などのご配慮もあり、迎えの車まで家に来たりしましたが、父は動こうとせず入院を拒みました。

父は貧しい生まれで無学だったため、文字を読めず、自分の意思をうまくことばに表現できず、そうしたもどかしさからでしょう、周囲に当たりちらすということがあり、わがままな人だとの誤解を受けていた面が多かったと思います。が、身近で知るかぎりとても純粋で素直な人だったと思います。

父のイメージは、貧しいゆえに身なりも構わぬように見られた若いころの話が一般化されているようですが、私たちが見て知っている晩年の父は、すごくセンスのある人でした。名人戦に復帰したときはすでに六十代の後半で、それまで十数年間も真剣勝負を指していなかったので「負けても構わぬが、年をとってるからと哀れみを受けるのは残念だから」といって、手のツメに丹念に油をぬっていましたし、ファンから贈られた高価なラクダのシャツやズボン下なども、和服の上から見えるのをきらって、袖口や襟元、膝下などを切り取って着ていました。

また頭髪も「勝負師がシラガ頭ではみじめだ」といって、一本もないよう心がけていましたし、肌もみがいて……それはおしゃれでした。

ですから実際とは違う映画や芝居の「王将」はあんまり見たくありません。好きなように生ききってグチひとつ言わずに、なんの執着も未練もないようすで、きれいに逝ったああいう死に方ができた父は、それだけでもとても偉い人だと思うんです。

何か一つの道に秀でた人のもつ風格がじゅうぶんある人でした。

［よしだ・みよ　坂田三吉三女］

（「潮」一九七四年八月号）

名人・その世界　坂田三吉

内藤國雄

「自在流」の元祖

故坂田三吉王将には、二人の弟子がいた。いまもお元気な星田啓三七段と故藤内金吾八段である。

十五歳のとき、私は、偶然にも名前の〈内藤〉をひっくりかえした藤内八段の門を叩いた。棋士系統図からいえば、だから、私は坂田三吉直系の孫弟子に当たることになる。

私が入門したとき、坂田三吉はすでに亡く、残念ながら接する機会には恵まれなかった。けれど、将棋には、棋譜というものが残されていて、その棋譜に触れることによって、私は、坂田将棋に接するとともに、〝人間坂田三吉〟を連想することができた。

＊

棋譜の話からしたいと思う。

坂田には、世間を「あっ！」といわせる、いいかえれば、大向こうをうならせるような棋譜の上での逸話が多い。南禅寺の対木村戦での初手、9四歩。対大崎戦における初手の角頭の歩つきなど、その典型的な一例であろう。

研究をはずそうという狙いがあったとしても、時の将棋界での飛龍を相手に、ちょっと信じられない一手ではある。が、私はここに坂田三吉の並々ならぬ自信とサービス精神を感じる。同時に、「あの手を指したから」と、負けたときの言いわけを用意しているようにも思え、負けずぎらい、意地っ張りな彼の気性を感じるのである。

坂田は、また表現力も豊かであった。そして有名な「銀が泣いている」という言葉を残している。「自信」「サービス精神」「表現力」——このあたりに、私は升田幸三九段に共通するものをおぼえる。

いまでも、私は大きなタイトル戦の前などに、坂田の棋譜をならべる。といっても、実践に役立たせようということからではない。大正時代が全盛期の坂田将棋は、攻守すべてに〝近代化〟された現在の将棋の参考には、はっきりいってならない。戦型、スピードの点から、いまとは違いすぎるのだ。それでも、あえて私がそれをするのは戦いの前の気持ちを落ち着かせるためである。棋士は、戦いの前には、いいしれない孤独におそわれるものだ。一人ぼっち、ということをいやというほど感じる。やはり、勝ちたいという気持ちがこうじて、負けられないという気持ちになり、心が揺れ動くことからであろう。

そんなとき、常に全力を出して将棋にぶっつかっている坂田の棋譜を見ていると、いつしか、「負けたら、結局、自分が弱いのだ」と思うようになり、そして、闘志をコントロールすることができるのである。これが私にとって大事なのだ。

戦いにおいて、闘志がムラムラと沸き上がってくることは、もちろんである。けれど、闘志を必要以上に燃焼させたとき、勝負では負ける。自分からころんでしまうためだ。

ところで、原田泰夫八段が、私の棋風を称して、「自在流」と呼んだ。どんな将棋でも指す、ということからである。が、私は、あるとき坂田の棋譜から、どうやら自在流の元祖は坂田三吉ではないかと思うようになった。

私の将棋は、飛、角、桂といったとび道具を主体にした、いわば、回しをとらないものだ。それに対して、坂田将棋は、金銀を主力にした重厚なもの、といった違いはあるが、自由に、そして、先人のまだ指していない創造の将棋を指している点では、同じだ。

関根名人という絶好のライバルを得てはいたが、大正の時代に、関西という将棋にとって不利な地にありながら、独創な棋譜をつくり上げていったところに彼のすばらしさを私は感じる。

実像と虚像

坂田三吉王将にとっての終生のライバル、いや、宿敵という表現のほうがピッタリくるかもしれないが、関根金次郎十三世名人は、たしかに、人格者であり、粋人であった。

対局の態度も実に立派だった。燃えたぎる闘志を端正な挙措の中に押しつつみ、物静かに指した、という。

この関根名人の「静」に対して、坂田王将は「動」ということになっている。少なくとも、いままで、小説や映画の『王将』では、そういうような描き方がされてきた。

対局中の坂田は、ネジリハチマキはする。相手のいやがるのも気にせず、グワッとタンをはく。あるいは、バッチンと烈しい音をたてて、駒を盤に叩きつける。そして、あるときは、弟子に向かって、将棋盤をふり上げたりする場面も登場する。

ここで、私は映画論をしようというわけではないが、坂田を意識的に「無学」、「粗野」にしたて上げることにより、あるいは時の最高峰、関根に挑む彼の闘志を表現しようとしたのかもしれない。

二人のそのコントラストは製作者の意図通り、芝居やドラマで、効果を上げていることは事実だ。そのためであろう。いつしか、坂田のイメージは、無法松とオーバーラップして、一般に浸透しているようである。つい最近まで、「棋士にはヨメにやるな」といわれていたのも、そのためでもある。

けれど、それは、ほとんどが虚像といっていい。

対局中の棋士のしぐさ、言動には、少なからず棋士の性質、性格が現れるものだ。

大正二年、関根（当時八段）と対局することになった坂田（当時七段）は、ファンに対し、

「坂田は盤上で、あいさつさせてもらいます」

と、見得をきっている。このひとことに私は、プロの棋士としての姿を見るのだ。が、それはともかく、彼が駒を進める際は、駒の上の面に中指をのせ、駒のシリに人さし指をおき、スーッと盤面から駒をはなさず、押すように進めた。また、対局での身装《みなり》も紋付羽織袴に正したみごとなものだった。

こうした対局室での起居は、多少の艶聞はあったとしても、彼の私生活での終始一貫した姿勢の現れでもあったといっていい。どんな対局においても、記録係に、いくらかのお金をお礼として、つつんだことなど、人間味あふれる坂田のエピソードである。人柄。それがよくなくては、関西のソウソウたる政財界の人たちの応援は、得られなかったのではあるまいか。

余談になるが、当時、東京のプロ棋士たちは、坂田の将棋を称して、「雲助将棋」と、さげすんだ。関東では、早くから、プロの棋士たちが集まって研究がなされ、定跡が出来上がっていた。ある意味では、将棋がスマートであった。

それに比べれば、坂田の将棋はドロ臭かった。「関根をたおすこと」、それだけに生命をかけ、関東のマネをしない、自分独特なものを生み出していこうとしたことからである。

そこには、血のにじむ努力があった。しかし、それでもなお関根には、およばなかった。無冠で終わった。ここに彼の悲劇性があり、彼の生涯がドラマにもなるのではないだろうか。（談）

［ないとう・くにお　将棋棋士］

（「週刊サンケイ」一九八〇年一月一七日号／二四日号）

解説

西上心太

〈阪田三吉については、あまりに多くの逸話や奇行が、あるいは正しく、あるいは誤って伝えられている〉

本書に収録されている藤沢桓夫「阪田三吉覚え書」はこの一文から始まる。坂田三吉という棋士を、そして人間を語るのにこれほど端的な言葉はないだろう。

なお新聞記事や文献では「阪田」と「坂田」が混在している。戸籍上は「阪田」であり、「阪田」表記が多かったようだが、大正七年以降から表記の揺れが目立ち始めたという。このあたりの事情に関しては、岡本嗣郎『9四歩の謎　孤高の棋士・坂田三吉伝』（集英社）に詳しい。三吉が発行した免状を書いた書家の中村眉山は、すべて「坂田三吉」と署名したというし、三吉自身が稽古先の受取証に「坂」の一字を書いたという証言も拾っている。

一方で『阪田三吉血戦譜』(全三巻、大泉書店)を著した観戦記者・東公平によれば、戸籍が「阪田」であるのは遺族への確認でも明らかなのだが、三吉の生地である堺市役所から「坂田」という古い戸籍が発見されたことが同書の第一巻に記されている。だが戸籍が「阪田」に変更された時期やその事情までは詳細がない。

このように姓の表記一つをとっても一筋縄でいかないところが三吉らしいが、以降の文では「坂田」に統一して表記する。

坂田三吉は終生のライバルとなる関根金次郎十三世名人に遅れること二年、明治三年(一八七〇年)に、現在の大阪府堺市に生まれた。三吉の前半生に関する資料は後年に自ら語った談話くらいしかない。

貧しい家庭に生まれ、ろくに学校に通わず、ごくわずかの文字以外は読み書きできないままで生涯を閉じた。だが若くして覚えた将棋は、独学で玄人はだしの腕前に。やがて明治二十年代(二十四年とも二十七年とも)に全国遊歴中の関根と初対戦し、天狗の鼻を折られたことがきっかけで、専門棋士の道を目指すことを決意する。

明治の御代は将棋界にとって冬の時代だった。江戸時代は大橋本家、大橋分家、伊藤家の三家が幕府から扶持を受け、将棋家元として十人の「名人」を輩出してきた。

だが明治維新とともに家元制度がなくなり、三家は有名無実化していく。伊藤家の宗印は明治十二年（一八七九年）に十一世名人を襲名し、棋界再編に尽力したが、明治二十六年（一八九三年）に没し、将棋棋士を育て輩出するという役割が、旧家元から離れることになったのだ。

関根金次郎は明治元年に現在の千葉県野田市東宝珠花で生まれた。やはり少年時代から将棋に夢中になり、伝手を頼って十一歳で伊藤宗印の門戸を叩き入門する。十六歳でいったん帰郷したが、再び師の元に戻り将棋遊歴の旅を勧められた。各地の愛棋家を訪ね、その地の強豪や、自分と同じ遊歴の将棋指したちと対局をくり返す日々を送ってきたのだ。まさに一宿一飯、長脇差を将棋の駒に変えただけの股旅の世界である。

山本武雄『将棋百年』（時事通信社）所収の「関根金次郎―直話による自伝―」によれば、無一文で行き倒れ寸前になることもあり、夜道で数十匹の野良犬に襲われそうになることもあったという。日本海では大時化にあって遭難しそうになったことも。このように大変な旅をしながら対局を重ねることで棋力を上げていったのだ。それと同時に、余計な軋轢を避けるため、特に対局する時の態度には気を遣い、余計な口はきかないようにしたという。後年皆が口にする関根の立派な対局態度も、この遊歴時代に培われたものだったのだろう。こうして関根金次郎は昇段を重ね、自他共に認める実力ナンバーワンの棋士になっていったのだ。

しかし十一世名人伊藤宗印の死後から五年後の明治三十一年（一八九八年）、十二世名人は数えで六十九歳の小野五平が就位することになった。当時は名人は終生――つまり亡くなるまで名人であり続ける時代である。関根はその決定にかなり不満をおぼえたらしいが、小野が高齢であるため、数年の辛抱であると我慢した。しかし小野は九十一歳の長寿を全うすることになる。

その間、坂田三吉は貧困に苦しみながらも実力を上げていく。周囲も坂田の実力を注目するようになり、明治四十一年（一九〇八年）には大阪朝日新聞の将棋顧問に招聘される。香落ち（上手である関根が飛車側の香車を落とすハンデ戦）の将棋では関根に度々勝利をおさめるが、明治末年には坂田も七段を自称し、大正二年（一九一三年）、ついにハンデなしの平手で関根に勝利するまでになるのだ。

村松梢風「二人の王将」（「讀賣新聞」一九五二年十一月二十五日～十二月三十一日連載）は、このころまでの坂田三吉を描いている。三吉の妻の名は「こゆう」（通称。戸籍名はコユウ）であるのに、北條秀司の大ヒットした脚本「王将」と同じく「小春」とあるのは、あくまで評伝風小説であるからなのだろうか。

村松梢風は明治二十二年（一八八九年）静岡県生まれ。本名義一。慶應義塾大学経済学部理財科を中退し、翌年同大文学部に入学したが、またも中退する。大正六年（一九一七年）に文壇デビュー。代表作に『男装の麗人』、『残菊物語』などがある。一九六一年死去。作家の村松友視は孫にあたる。

大正四年（一九一五年）には小野名人から坂田は八段を免許される。当時八段は名人に準ずるものとされ、関根をはじめ数人しかいなかった。そして八段になると段位を授けることができるというのが慣例だった。一方の関根は小野五平の死去により、大正十年（一九二一年）にようやく五十三歳で十三世名人に就位する。大正に入ってからが坂田の全盛期で、関根に対しても引けを取ることはなかった。両者の対局は大正七年（一九一八年）が最後となったが、ほぼ互角の戦績だった。

一心に関根の背中を追ってきた坂田だったが、実力も品位もあり棋道の発展にふさわしい人物として、関根に尊崇の念を抱いていく。それゆえ関根の十三世名人就位に異存はなかった。だがもともと存在した東西のライバル意識に、関東との対局料の格差や、関東の棋士の八段昇段問題など、関西側の不満が加わったことで対立が激化し、ついに関西の後援者たちが坂田を関西の名人として担ぎ出してしまうのだ。こうして坂田は名人僭称者として大正十四年（一九二五年）四月十日の名人就位から六日後、東京将棋連盟から絶縁状が送られ、以来十数年坂田三吉は公式戦の表舞台から姿を消してしまうのである。

現代の将棋界はおよそ百七十人ほどの現役プロ棋士が、八大タイトルといくつかのトーナメントによる優勝棋戦を戦い、一年が回っていく仕組みになっている。勝てば勝つほど対局は増え、地位も賞金も上がっていく。主催する新聞には観戦記が載り、近年はネット中継も盛んになり「観る将」なる言葉もできている。

新聞がスポンサーになり、将棋の棋譜を掲載するようになったのが明治の末になってからだった。有力な棋士を嘱託に招き、便宜を図って貰うようになったのである。そして明治末年から大正にかけて、棋士たちの団体ができていく。離合集散をくり返した後、ようやく昭和十一年（一九三六年）に、現日本将棋連盟の前身である将棋大成会が結成され、プロ棋士たちが糾合したのである。だがただ一人絶縁されていたのが坂田三吉だった。

坂田の「名人僭称」の数年前、関根名人は将棋界の歴史を変える決断を下していた。昭和十年に名人位を返上し引退を表明したのだ。同時に終身名人制を廃し、実力制名人への移行を決定したのである。名人戦は毎日新聞が主催することになり、関根名人の引退表明からわずか三ヵ月後の六月に、実力制名人を決める二年越しのリーグ戦が開幕する。

これに対して動いたのが、讀賣新聞で観戦記者として健筆をふるっていた菅谷北斗星（本名・要）だった。眠れる関西の獅子、坂田三吉に長年アプローチを続けていた菅谷は、ついに坂田を対局に引っ張り出すことに成功する。その相手は次期名人はこの二人のどちらかと目されていた木村義雄八段と花田長太郎八段である。こうして昭和十二年二月に京都南禅寺における木村戦、翌三月に天龍寺における花田戦が組まれたのである。持時間各三十時間、七日制という破格の対局だった。

織田作之助「聴雨」（「新潮」一九四三年八月号）と「勝負師」（「若草」同年十月号）は、この二つの対局風景と、織田作之助自身の心象を重ね合わせた作品だ。後手番の坂田は木村戦で二手目に9四歩と飛車側の端歩を突く奇手を放つ。病を抱え「耳かきですくうほどの希望も感動もない」私は、新聞でこの手を見て坂田の気概に打たれ、「坂田のこの態度を自分の未来に擬したく」思うのである。この観戦記を書いたのはもちろん菅谷北斗星で、連載三十一回、四百字詰め原稿用紙百枚を超えるこの大作は『菅谷北斗星選集 観戦記篇』（日本将棋連盟）で読むことができる。

織田作之助は大正二年（一九一三年）大阪生まれ。旧制第三高等学校中退。昭和十年（一九三五年）ごろから作家活動を開始。太宰治や坂口安吾等とともに無頼派と呼ばれた。昭和二十二年死去。代表作に「俗臭」、『夫婦善哉』などがある。

藤沢桓夫「阪田三吉覚え書」（「小説新潮」一九六五年十一月号）は、三吉の若い頃から最晩年までを綴ったエッセイ風の作品だ。藤沢は棋力も高く、棋士たちとの交友も深い。唯一の内弟子である星田啓三から聞いたとおぼしきエピソードや、坂田と出会った時の思い出などが読める貴重な一編である。

藤沢桓夫は明治三十七年（一九〇四年）大阪生まれ。十九歳で発表した「首」が評判を呼ぶ。東京帝国大学入学後はプロレタリア文学に転向。戦中戦後は大衆小説に転じ、長年活躍した。平成元年（一九八九年）死去。代表作は『花粉』、『新雪』など。織田作之助をモデルにした「変わった男」が収録された『真剣屋』、「阪田三吉覚え書」が収録された『小説将棋水滸伝』、『小説棋士銘々伝』、『将棋百話 わが観戦記 升

田幸三伝 勝負師・大山康晴』など、将棋を題材にした小説、エッセイも多数ある。

坂田三吉のイメージを固定化してしまったのは、ひとえに北條秀司の戯曲「王将」のためであろう。坂田の死後わずか一年後の昭和二十二年（一九四七年）に新国劇で辰巳柳太郎主演で上演。さらに翌年には阪東妻三郎主演で映画化され大ヒットした。その後も辰巳柳太郎、三国連太郎、勝新太郎主演で何度も映画化されているほどだ。また村田英雄の歌う「王将」も同じように大ヒットした。北條の戯曲は将棋一途で「おとなこども」の三吉像をデフォルメしてあるので、坂田の実像とのギャップに違和感を抱いた者も多かったようだ。

後半の「坂田三吉をめぐって」には、その北條秀司をはじめ、菊池寛、吉屋信子、末娘の吉田美代氏、孫弟子にあたる内藤國雄によるエッセイが収録されている。巷間伝わる坂田三吉像とは違う側面にも光が当てられているのが貴重である。

坂田は木村義雄、花田長太郎に敗れたが、翌年の第二期名人戦挑戦者決定リーグに参加する。十数年ぶりに指す公式戦である。六十八歳。対戦相手はみな自分の息子のような世代である。一年目こそ失格ぎりぎりの二勝六敗だったが、翌年は持ち直して同じ相手に五勝二敗の成績を挙げ、通算七勝八敗とほぼ指し分けの成績を挙げたのだ

（花田長太郎八段が失格したため一局少ない）。年齢と長いブランクを考えたら信じられない成績である。

また木村戦における9四歩は奇を衒った手、挑発、うぬぼれ、など否定的な意見が多いが、将棋AIにかけてみると、序盤はほぼ互角であるし、坂田にわずかに数値が振れている局面もあるので驚いた。9四歩の一手は、将棋の可能性を感じさせる、時代を超える坂田の才能を表した手であったかもしれない。

第二期名人戦挑戦者決定リーグを最後に、坂田は公式戦に参加することはなく、昭和二十一年（一九四六年）七月、関根に遅れること四ヵ月でこの世を去った。

昭和三十年（一九五五年）、日本将棋連盟は坂田三吉に名人位と王将位を追贈した。一時はその名を知らぬ者のなかった稀代の棋士、坂田三吉。その魅力に触れられる貴重なアンソロジーをお楽しみいただきたい。

（にしがみ・しんた　文芸評論家）

底本一覧

二人の王将
『梢風名勝負物語（本因坊物語×二人の王将他）』、読売新聞社、一九六一年

聴雨／勝負師
『定本織田作之助全集』第四巻、文泉堂書店、一九七六年

阪田三吉覚え書
『小説棋士銘々伝』、講談社、一九七五年

編集付記

一、本書は坂田三吉をめぐる織田作之助、藤沢桓夫、村松梢風の小説作品をその生涯に沿って配置し、巻末に坂田に関する随筆・談話を併せて収録したものである。中公文庫オリジナル。

一、底本中、明らかな誤植と考えられる箇所は訂正し、難読と思われる語には新たにルビを付した。

一、本文中、今日の人権意識に照らして不適切な語句や表現が見られるが、著者が故人であること、発表当時の時代背景と作品の文化的価値に鑑みて、底本のままとした。

一、本書中、吉田美代「一芸に秀でた風格を示す」は令和三年九月一四日に著作権法第六七条の二第一項の裁定を受け収録したものである。

中公文庫

王将《おうしょう》・坂田三吉《さかたさんきち》

2021年10月25日　初版発行

著　者　織田作之助《おださくのすけ》
　　　　藤沢《ふじさわ》 桓夫《たけお》
　　　　村松《むらまつ》 梢風《しょうふう》

発行者　松田 陽三

発行所　中央公論新社
　　　　〒100-8152　東京都千代田区大手町1-7-1
　　　　電話　販売 03-5299-1730　編集 03-5299-1890
　　　　URL http://www.chuko.co.jp/

DTP　嵐下英治
印　刷　三晃印刷
製　本　小泉製本

Published by CHUOKORON-SHINSHA, INC.
Printed in Japan　ISBN978-4-12-207123-0 C1193

各書目の下段の数字はISBNコードです。978－4－12が省略してあります。

中公文庫既刊より

い-8-8
青春忘れもの　増補版
池波正太郎
小卒の株仲買店の小僧が小説家として立つまで――。著者の創作のエッセンスが詰まった痛快な青春記。短篇小説「同門の宴」を併録。〈解説〉島田正吾
206866-7

し-8-5
わが青春無頼帖　増補版
柴田錬三郎
苛烈な戦争体験、目くるめく女性遍歴――故郷出奔から直木賞受賞までの無頼の日々を綴る回想録。私小説的短篇五篇を併録。随筆二篇を増補。〈解説〉縄田一男
206933-6

い-2-7
浪漫疾風録
生島治郎
『EQMM』編集長を経てハードボイルド作家になった著者の自伝的実名小説。一九五六～六四年の疾風怒濤の編集者時代と戦後ミステリの草創期を活写する。
206878-0

い-2-8
星になれるか
生島治郎
直木賞受賞、睡眠薬中毒、そして再起へ。一九六四～七八年の綺羅星の如き作家たちの活躍を描く戦後ミステリ裏面史。『浪漫疾風録』完結編。〈解説〉郷原　宏
206891-9

と-37-1
片隅の人たち
常盤新平
直木賞受賞作『遠いアメリカ』に連なる自伝的連作集。出版界の片隅に生きる翻訳者たちを青年編集者の視点から描く。エッセイ二篇を増補。〈解説〉青山　南
207020-2

ふ-22-4
編集者冥利の生活
古山高麗雄
安岡章太郎「悪い仲間」のモデル、『季刊藝術』の同人として知られた芥川賞作家の自伝的エッセイ＆交友録。表題作ほか初収録作品多数。〈解説〉荻原魚雷
206630-4

す-4-3
滝田樗陰　『中央公論』名編集者の生涯
杉森久英
『中央公論』主幹を務め、大正期の論壇・文壇を演出した名編集者の生涯を描く。吉野作造、谷崎潤一郎らによる追悼文併録。『中央公論』創刊一三〇周年記念復刊。
206398-3

お-2-12
大岡昇平 歴史小説集成
大岡 昇平
「挙兵」「吉村虎太郎」など長篇『天誅組』に連なる作品群ほか、「高杉晋作」「竜馬殺し」「将門記」など戦争小説としての歴史小説全10編。〈解説〉川村 湊
206352-5

や-1-2
安岡章太郎 戦争小説集成
安岡章太郎
軍隊生活の滑稽と悲惨を巧みに描いた長篇「遁走」ほか、短篇五編を含む文庫オリジナル作品集。巻末に開高健との対談「戦争文学と暴力をめぐって」を併録。
206596-3

よ-17-14
吉行淳之介娼婦小説集成
吉行淳之介
赤線地帯の疲労が心と身体に降り積もり、街から抜け出せなくなる繊細な神経の女たち。「赤線の娼婦」を描いた全十篇に自作に関するエッセイを加えた決定版。
205969-6

の-17-1
野呂邦暢ミステリ集成
野呂 邦暢
「失踪者」「もうひとつの絵」「剃刀」など中短篇八編とエッセイを併せて年代順に収録。推理小説好きを自認した芥川賞作家のミステリ集。〈解説〉堀江敏幸
206979-4

ゆ-2-23
軍旗はためく下に 増補新版
結城 昌治
陸軍刑法上、死刑と定められた罪で戦地で裁かれ処刑された兵士たち。戦争の非情を描く直木賞受賞作に著者自作解説を増補。〈解説〉五味川純平／川村 湊
206913-8

う-37-2
ボロ家の春秋
梅崎 春生
直木賞受賞の表題作と「黒い花」をはじめ候補作全四篇に、小説をめぐる随筆を併録した文庫オリジナル作品集。〈巻末エッセイ〉野呂邦暢〈解説〉荻原魚雷
207075-2

き-15-17
香港・濁水渓 増補版
邱 永漢
戦後まもない香港で、台湾人青年がたくましく生き抜くさまを描いた直木賞受賞作「香港」と、同候補作「濁水渓」を併録。随筆一篇を増補。〈解説〉東山彰良
207058-5

き-15-18
わが青春の台湾 わが青春の香港
邱 永漢
台湾、日本、香港——戦中戦後の波瀾に満ちた半生を綴った回想記にして、現代東アジア史の貴重な証言。短篇「密入国者の手記」を特別収録。〈解説〉黒川 創
207066-0

各書目の下段の数字はＩＳＢＮコードです。978－4－12が省略してあります。

さ-77-1
勝負師 将棋・囲碁作品集　坂口安吾
木村義雄、升田幸三、大山康晴、呉清源……、盤上の戦いに賭けた男たちを活写する。小説、観戦記、エッセイ、座談を初集成。〈巻末エッセイ〉沢木耕太郎
206574-1

ま-33-1
勝負　升田幸三
名人に香車を引いて勝つという伝説を作り、同門の大山康晴と熾烈な戦いを演じた名人・升田幸三が、人事百般について不羈奔放に語り下ろした随筆集。
204086-1

ま-33-2
王手　升田幸三
不世出の将棋名人・升田幸三の勝負哲学が奔放に語られる随筆集の第二弾。人事百般を盤上の形勢に置きかえ、将棋をとおして人生の定跡をさぐる。
204168-4

ま-33-3
名人に香車を引いた男 升田幸三自伝　升田幸三
強烈な個性と鬼神の如き棋力をもって不世出の将棋名人となった升田幸三が、少年時代から名人位獲得までの波瀾の半生を奔放に語った自伝。主要棋譜を収録。
204247-6

う-32-1
羽生善治と現代 だれにも見えない未来をつくる　梅田望夫
なぜ彼は、四十代でもなお最強棋士でいられるのか。ルールを知らずとも将棋に惹かれるすべての人に贈る、渾身の羽生善治論。羽生三冠との最新対談収録！
205759-3

ゆ-6-1
盤上の向日葵(上)　柚月裕子
山中で発見された身元不明の白骨死体。遺留品は、名匠の将棋駒。二人の刑事が駒の来歴を追う頃、将棋界では世紀のタイトル戦が始まろうとしていた。
206940-4

ゆ-6-2
盤上の向日葵(下)　柚月裕子
世紀の一戦に挑む異色の棋士・上条桂介。実業界から転身し、奨励会を経ずに将棋界の頂点に迫る桂介の、壮絶すぎる半生が明らかになる！〈解説〉羽生善治
206941-1

き-49-1
受難華　菊池寛
女学校の仲良し三人組の恋愛と結婚に、思いもよらぬ試練が次々とふりかかる——。『真珠夫人』をしのぐ大正エンターテインメントの傑作。〈解説〉酒井順子
207016-5